CU00864700

Ian Flix

Les Éditions Scrineo vous invitent
à entrer dans l'univers de vos séries préférées !
Pour accéder à votre bonus numérique,
rendez-vous sur le site internet de l'éditeur
www.scrineo.fr
À bientôt !

© 2013 Scrineo
8, rue Saint-Marc, 75002 Paris
Diffusion : Volumen
Illustration de couverture réalisée par Vincent Dutrait
Couverture et mise en page : Marguerite Lecointre

ISBN : 978-2-3674-0120-1
Dépôt légal : février 2014

Alain Ruiz

Ian Flix

Le Trésor de la Baie d'Along

1
La porte !

Poussée par une bonne brise de force cinq, *La Belle espérance* s'éloignait des côtes de l'Annam* en se frayant un passage dans la majestueuse baie d'Along. Tel un cortège, les îles qui se prolongeaient sur des centaines de kilomètres surplombaient la frégate tout en arborant fièrement leur lointain passé géologique.

Modelées par l'érosion, siècle après siècle, millénaire après millénaire, ces étendues de terre avaient traversé les âges comme un tableau d'artiste, sans rien perdre de leur beauté originelle. Barrière naturelle contre les assauts répétés des flots et du vent, elles protégeaient farouchement les villages de pêcheurs des envahisseurs venus de la mer.

---

* Aujourd'hui le Viêtnam.

Leur découpe accidentée et leur rapprochement dissuadaient à coup sûr les navires hostiles qui osaient s'aventurer dans la baie. La légende locale voulait que cette œuvre colossale de la nature soit celle d'un dragon descendu de la montagne. Courant vers le rivage, la créature avait tout d'abord façonné des vallées et des crevasses en frappant le sol de violents coups de queue, avant de plonger dans la mer. La subite montée des eaux avait alors englouti toute la côte, à l'exception des plus hauts sommets. Ainsi auraient jailli les quelque trois mille îles de la baie d'Along dont le nom, « lieu de la descente du dragon », gardait cette légende vivante dans la mémoire du peuple, de génération en génération.

De tailles et de formes variées, ces îles offraient également un repaire de choix aux navires voulant échapper à leurs poursuivants. Le capitaine Kutter et ses hommes s'en étaient justement approchés pour profiter, en toute sécurité, d'une escale bien méritée après plusieurs jours passés en mer de Chine méridionale.

Les mains appuyées sur le bastingage du gaillard arrière, le quartier-maître Flix suivait les manœuvres de l'équipage avec la plus grande attention. À sa droite, Tétrapoulos, le timonier, tenait fermement la barre tout en fredonnant pour ne pas réveiller le capitaine, assis juste à côté sur sa chaise roulante. Ce dernier avait souhaité rester encore un moment sur la passerelle de commandement avant de regagner ses quartiers. Bercé par le chant de ses hommes et caressé par la brise rafraîchissante, il s'était finalement assoupi en présence de son fidèle accompagnateur, Bristol.

À l'autre extrémité du navire, dans leur cabine située à la proue, les deux savants de *La Belle espérance* semblaient, quant à eux, très occupés. Enfermés depuis trois jours, ils avaient exigé de n'être dérangés sous aucun prétexte, sauf en cas d'attaque. À bord, quelques membres de l'équipage se demandaient ce qu'ils pouvaient bien fabriquer dans le secret de leur laboratoire, mais la plupart ne s'en formalisaient guère. Ils commençaient à avoir l'habitude. Tôt ou tard, ils les verraient probablement sortir de leur cache avec une nouvelle invention ou une découverte sans doute révolutionnaire. Les matelots étaient toutefois intrigués par la forte odeur de rhum qui émanait de leur repaire. Ils savaient pourtant que leurs éminents savants n'étaient pas du genre à boire de l'alcool. Cela ne leur ressemblait pas du tout. À moins que…

Tout aussi intriguée, la Tête de mort de *La Belle espérance* jugea bon de ressortir sa panoplie d'espionne en herbe, afin de satisfaire sa grande curiosité. Sans plus attendre, elle se connecta à l'embout du tube qui la reliait à la cabine des deux savants et apposa son écouteur en forme d'entonnoir près de son os temporal pour bien capter la discussion. Ce qu'elle entendit la médusa, et ses orbites se dressèrent en accent circonflexe sous l'effet de l'étonnement.

– Alors, maître Chow, qu'en pensez-vous ?

– C'est difficile à dire, cher ami. Laissez-moi encore y goûter, voulez-vous ? Une dernière chope…

– C'est déjà votre septième…

– Je le sais fort bien, maître Fujisan ! s'irrita quelque peu le savant chinois. Vous n'allez quand même pas m'apprendre l'art de compter ! Allez, donnez-moi encore à boire !

« Par mon os zygomatique ! Qu'entends-je ? Nos deux savants se sont mis à boire du rhum, mais je rêve ! Non, je refuse d'y croire ! Il doit y avoir une explication… Ne sautons pas trop vite aux conclusions… »

La Tête de mort reprit son écoute, plus attentive que jamais.

– Vous avez assez bu, maître Chow !

– Point du tout, je vous dis ! Voyons, je ne suis plus un enfant… Il ne m'est pas défendu de boire, que je sache! De toute façon, si vous refusez encore de me resservir, je le ferai moi-même!

– Très bien, inutile de vous emporter.

– Mais je ne m'emporte pas! Ce sont simplement vos insinuations qui m'agacent…

– Ah, ce que vous pouvez être susceptible par moments!

– Ce n'est pas vrai!

– Dans ce cas, pourquoi vous fâcher quand je vous dis que c'est déjà votre septième chope?

– C'est parce que je ne suis pas totalement convaincu du résultat…

– Eh bien, moi, je le suis! Et depuis la première chope, si vous tenez à le savoir.

– Et voilà, maître Fujisan, vous recommencez avec vos insinuations! Croyez-vous être le seul en mesure de valider le succès de nos expériences?

– Mais non, voyons! Vous le savez fort bien, du reste. Écoutez, pour tout vous dire, maître Chow, il me paraît surtout évident que vous n'avez jamais bu d'alcool, et encore moins du rhum.

Le savant japonais avait enfin exprimé le fond de sa pensée. La Tête de mort, quant à elle, suffoquait presque.

« C'est une honte! Jamais je ne les aurais crus capables d'une telle immoralité. Moi qui les pensais intègres en tout point… Quel choc! La mandibule m'en tombe… Oh! mais je ne vais pas laisser passer cet écart de conduite, croyez-moi! Je ne manquerai pas de le mentionner dans mon journal de bord!»

La Tête de mort fronça ses arcades sourcilières et retourna à la pêche aux informations.

– C'était donc là où vous vouliez en venir, maître Fujisan! Je comprends maintenant. Et comment savez-vous que je n'ai jamais bu de rhum?

– Élémentaire, mon cher ami. En temps normal, vous auriez dû ressentir les effets de l'alcool dès la première chope, à plus forte raison si vous n'aviez jamais bu de rhum auparavant.

– Ah, bon, vous croyez?!

– Si je vous le dis, maître Chow.

– Mais c'est merveilleux, maître Fujisan! s'écria tout à coup le savant chinois. Cela veut donc dire que notre expérience a réussi!

– Eh bien! voilà qui n'est pas trop tôt pour être convaincu d'avoir bu du rhum sans alcool!

«Du rhum sans alcool? s'étonna la Tête de mort en retirant machinalement son entonnoir. Mais qu'est-ce qu'ils racontent?»

Elle repositionna aussitôt son appendice auriculaire.

– … néanmoins, maître Chow, je peux comprendre

votre insistance si vous n'avez jamais bu de rhum avant ce jour. Aussi, je peux vous l'assurer, cette boisson que nous avons distillée a bien l'apparence du rhum… Elle en a même l'odeur et le goût, mais surtout, elle est sans alcool!

– Nous allons enfin pouvoir enrayer l'ivresse qui sévit sur ce navire! Cela n'avait que trop duré… Allez, remplissez cette chope, voulez-vous? s'empressa de demander le savant chinois. Mais rassurez-vous, maître Fujisan, ce n'est pas pour moi, mais pour le capitaine.

– Vous avez raison, cher ami. Son expertise ne sera pas de trop. Nous allons aussi en verser dans ce flacon, au cas où d'autres voudraient y goûter. Dorénavant, nos compagnons pourront boire autant de rhum qu'ils le désirent sans subir les effets néfastes de l'alcool…

«Ouf! me voilà rassurée! se réjouit la Tête de mort en fermant ses orbites. Bah! je savais bien qu'ils agissaient pour l'avancement de la science. Pas un instant je n'ai douté de leur intégrité. En fait, si je me suis permis de les épier, c'était uniquement pour les disculper, voilà tout!»

Les deux savants sortirent de leur cabine, visiblement satisfaits. Éblouis par le soleil qu'ils n'avaient pas vu depuis trois jours, ils placèrent leur main en visière. Cela suffit à détourner l'attention de maître Fujisan qui, tenant le flacon de l'autre main, négligea de fermer la porte derrière lui.

Ostrogoff, qui passait justement dans les parages, remarqua aussitôt leur empressement à se rendre jusqu'à la passerelle de commandement. Tenant son livre de comptes, il les suivit sur le pont, prêt à y noter la moindre information.

– Alors, messieurs, vous nous faites enfin l'honneur de votre présence ! se moqua Flix à mi-voix. Mais que tenez-vous là, maître Chow ? Une chope ? Voilà qui est plutôt singulier pour boire du thé, ne trouvez-vous pas ?

– Au risque de vous paraître étrange, mon jeune ami, expliqua le savant d'un ton suave, je vous précise que ce n'est pas du thé, mais du rhum. Nous en avons aussi dans ce flacon que tient maître Fujisan…

La stupeur se lut sur le visage des marins réunis sur la passerelle de commandement. Même Bristol, qui veillait au repos du capitaine, ne manqua pas d'être étonné. Ostrogoff trempa aussitôt sa plume dans son petit encrier qu'il tenait du bout des doigts au-dessus de son livre, puis il griffonna ce fait fort intéressant. Son nez busqué semblait aussi vivant que sa main qui s'activait sur la page.

Flix prit finalement la parole, un sourcil levé :

– Mais que comptez-vous faire avec ce rhum ?

– Eh bien, inviter le capitaine à en boire ! répondit simplement maître Chow.

– Vous tenez vraiment à ce qu'il prenne du rhum à cette heure-ci ? Quelle drôle d'idée ! Vous savez fort bien qu'il n'en boit jamais durant la journée, à plus forte raison avec une pareille chaleur.

– Certes, cher ami, mais nous tenons à lui faire partager notre découverte…

– Écoutez, messieurs, libre à vous de lui en proposer, mais je crains qu'il ne soit guère en mesure de vous recevoir pour l'instant. Constatez-le par vous-mêmes, il s'est endormi sur la passerelle.

Flix s'écarta tout en lançant un regard d'étonnement à Corsarez. Tétrapoulos, lui, riait sous cape en manœuvrant la barre. Pourtant, maître Chow intervint, presque jovial :

– Eh bien, dans ce cas, cher Ian, c'est vous qui aurez l'honneur d'y goûter en premier, en tant que second maître à bord !

Pris de court, Flix bredouilla en jetant un regard anxieux :

– Moi ? C'est-à-dire que… Êtes-vous certains de ne pas vouloir attendre le réveil du capitaine ?

– Ce ne sera pas nécessaire, laissons-le dormir en paix. S'il vous plaît, cher ami, acceptez cette chope, insista maître Chow.

Flix s'avoua vaincu. Non sans une certaine appréhension, il porta la chope à ses lèvres sous les yeux approbateurs des deux savants.

– Alors, qu'en pensez-vous ? Sentez-vous un goût différent ?

Flix s'essuya les lèvres du revers de la main, puis il regarda de nouveau le contenu de sa chope, suspicieux.

– Ma foi, non… J'aurais dû ?

– Non, répondit simplement maître Chow.

– Écoutez, je ne suis pas sûr de vous suivre. C'est bien du rhum que vous m'avez fait boire ? s'inquiéta tout à coup le second du capitaine.

– Absolument, assura cette fois le savant chinois, tout en se tournant vers son confrère, le sourire complice.

– Y auriez-vous ajouté un ingrédient qui m'échappe ?

– La véritable question serait de savoir ce que nous avons retranché, souligna maître Fujisan. Vous venez de boire du rhum sans alcool !

Un hoquet de surprise s'échappa de Tétrapoulos. Le regard des deux savants brillait d'un plaisir anticipé.

– Vous plaisantez, messieurs !? s'exclama Flix.

– Pensez-vous réellement, mon jeune ami, que nous

aurions l'esprit à plaisanter après être restés enfermés trois jours dans notre cabine ?

Le quartier-maître dut se rendre à l'évidence.

– Ce rhum sans alcool était donc la raison de vos recherches…

– Précisément, confirma vigoureusement maître Chow. Nous en avions assez de ces excès de boisson au sein de l'équipage. Combien de fois avonsnous dû subir les débordements bruyants de certains matelots sous l'emprise de l'alcool ? Nous ne pouvions plus travailler dans de telles conditions. La situation devenait…

Le savant chinois s'interrompit brusquement en entendant un bruit de verre cassé.

– Avez-vous entendu, maître Fujisan ?

– Oui. C'est étrange, le bruit semblait provenir de notre cabine…

– Voyons, c'est impossible, puisque nous sommes ici. De plus, vous avez refermé la porte derrière vous. N'est-ce pas ?

– Eh bien… oui, normalement. Vous le savez fort bien, puisque vous étiez avec moi. Je me revois encore avec ce flacon dans la main au moment de sortir, puis il y a eu ce rayon de soleil qui m'a ébloui, donc, machinalement, j'ai…

Un silence s'installa soudain. Les deux savants se regardèrent un instant et, alors qu'ils réalisaient ce qui s'était passé, les mêmes bruits résonnèrent encore. Cette fois, ils crièrent en même temps :

– OH NON, CASTORPILLE !

– QUOI, L'ENNEMI NOUS ATTAQUE ?! hurla à son tour le capitaine, brutalement réveillé. BRANLE-BAS DE COMBAT ! OUVREZ LES SABORDS ! CHARGEZ LES CANONS !

Sans perdre un instant de plus, les deux savants se dirigèrent d'un pas rapide vers leur repaire d'où s'échappait un vacarme terrible. Ils constatèrent rapidement que la porte était restée ouverte.

– QUEL MALHEUR ! s'écria maître Fujisan en entrant le premier. Ce castor a tout saccagé !

Tout était sens dessus dessous, comme si la cabine avait été ravagée par une tempête tropicale. Les tubes à ballon, le distillateur de rhum et le gros sablier étaient renversés sur leur table de travail. Le microscope, lui, gisait sur le plancher.

– OH NON, LE GRIMOIRE ! IL N'EST PLUS À SA PLACE ! s'écria maître Chow en levant les yeux.

– Mais comment cet animal a-t-il pu ouvrir le compartiment ?

– C'est une véritable catastrophe, maître Fujisan! Vite, cherchons-le avant qu'il ne soit trop tard!

Effrayée par les cris des deux savants, Castorpille sortit brusquement de sa cachette en percutant le vieux livre, puis elle passa sous la table avant de filer dans un coin, derrière un seau.

– Vous l'avez vu s'enfuir?

– Oui. Ah! si j'attrape ce rongeur de malheur, jura le savant japonais, je l'expédie par-dessus bord, croyez-moi!

– C'est plutôt vous qui devriez vous jeter à la mer pour avoir négligé de fermer la porte en sortant!

Maître Fujisan manqua une respiration sous le reproche. Il vira au rouge et aboya vivement:

– COMMENT OSEZ-VOUS? Vous n'aviez qu'à la fermer vous-même! Je vous rappelle que je tenais ce flacon…

– Pff! vous avez deux mains, il me semble!

Le savant japonais s'apprêtait à répliquer tout en contournant la table, quand il aperçut le grimoire, bien ouvert. Il se jeta dessus et le referma aussitôt, mais une volute de fumée verdâtre s'en était déjà échappée. Attirée par un courant d'air, elle traversa la cabine et sortit par l'un des sabords.

– L'avez-vous refermé à temps? demanda maître Chow d'une voix sourde.

– Je ne crois pas.

– Quelle malchance! Et vous n'avez pas eu le temps de voir à quelles pages le grimoire s'était ouvert, je présume?

– Comment aurais-je pu, puisque je me suis empressé de le refermer? Vous n'allez tout de même pas me le reprocher aussi! Écoutez, j'ai peut-être laissé la porte ouverte, mais pour le compartiment, c'est de votre faute. Castorpille n'aurait jamais pu l'ouvrir toute seule. J'en conclus donc que vous l'avez mal refermé la dernière fois.

Maître Chow ne chercha pas à répliquer, se sentant tout à coup aussi responsable que son confrère.

À l'extérieur, la fumée verdâtre avait déjà pris de l'altitude. Portée par le vent, elle survola plusieurs îles de la baie d'Along avant d'atteindre un vaste promontoire rocheux, quelques kilomètres plus loin. Là, au milieu de la falaise, elle s'engouffra dans une grotte large et profonde avant de s'arrêter, tel un voyageur arrivé à destination. Elle stagna un moment dans la cavité envahie par la noirceur, puis finalement, elle se faufila dans les deux conduits nasaux d'un dragon endormi depuis des millénaires.

2
La chaise volante

Maître Fujisan attrapa un balai en remarquant la queue plate du castor qui dépassait légèrement d'un seau.

– Castorpille, sors de là, je t'ai vue!

– Qu'allez-vous me faire? s'empressa de demander l'animal en présentant le haut de sa tête.

– Nous voulons simplement que tu quittes notre cabine avant de causer d'autres dégâts.

– Je ne vous crois pas, maître Fujisan! Je sais que vous avez l'intention de me jeter par-dessus bord… Je vous ai très bien entendu.

– Mais non, je n'en ferai rien. Je parlais sous l'effet de la colère, voilà tout. Allez, sors de ta cachette!

– Dans ce cas, pourquoi tenez-vous ce balai dans les mains?

– Oh! eh bien… je l'ai pris machinalement, tenta de se justifier le savant tout en faisant signe à son confrère de passer par l'autre côté pour une manœuvre en tenaille.

Le plancher craqua soudain sous les pieds de maître Chow, alertant aussitôt Castorpille, qui tenta sa chance et sortit de son précaire refuge. Elle longea la paroi en bois, renversant tout sur son passage, mais elle se retrouva vite bloquée par maître Fujisan, qui avait anticipé sa fuite. Prise au piège, elle ne vit pas d'autre solution que de sauter sur le tableau de commande du système de défense anti-abordage.

– STUPIDE ANIMAL, DESCENDS DE LÀ!

Affolée par le cri de maître Chow, qui se tenait en embuscade derrière elle, Castorpille se retourna et débloqua involontairement deux leviers avec son épaisse queue.

– NOOOOOON!

Au même moment, des clameurs de détresse résonnèrent à l'extérieur, suivies de deux plongeons.

– DEUX HOMMES À LA MER! nasilla Ostrogoff avant de se précipiter sur son livre de comptes pour y relater l'incident.

– NON, SURTOUT PAS CES LEVIERS! ILS COMMANDENT LES PIÈGES DE LA

PASSERELLE! hurla de plus belle maître Fujisan, les deux mains en l'air.

– QUOI, QUELS LEVIERS? glapit Castorpille, paniquée et incapable de trouver une position adéquate pour reposer ses pattes.

– NOOOOOON!

Dans sa tentative pour s'extirper de là, le castor femelle s'appuya sur un autre levier actionnant l'une des planches du gaillard arrière. En un instant, celle-ci se mua en catapulte, éjectant violemment dans les airs le capitaine Kutter et sa chaise roulante.

L'effet de surprise s'empara aussitôt de l'équipage avant d'engendrer une panique générale sur le pont.

***

Pendant ce temps, très haut dans le ciel, des oiseaux migrateurs survolaient la mer dans la quiétude la plus totale.

– Chers passagers, annonça le jars de tête, c'est votre commandant qui vous parle. Nous volons actuellement à une altitude de deux mille pieds, avec des vents favorables de force cinq. Nous devrions atteindre les côtes chinoises dans un peu moins d'une heure.

D'ici là, nous espérons que vous continuerez de passer un agréable voyage. Au nom de la compagnie Air Migrator et de tout l'équipage, je tiens encore à vous remercier d'avoir choisi ce vol…

– Quel être charmant, ce commandant, ne trouvez-vous pas, Hubert ? cacarda une passagère en se tournant vers son compagnon.

– Absolument, ma chère Edmée. Depuis que nous voyageons avec cette compagnie, nos migrations sont bien moins éprouvantes, c'est indéniable. Le service et l'attention du personnel de bord sont tout à fait exceptionnels…

– Je suis bien de cet avis, mon bon ami.

Le regard soudain attiré par un bateau, le jars s'exclama :

– Regardez, nous survolons une frégate !

– Mais de quelle frégate parlez-vous, Hubert ? Je ne vois que des oies autour de nous…

– Non, je ne parlais pas de cet oiseau que l'on nomme frégate, mais plutôt de ce navire tout en bas. Il s'agit également d'une frégate, d'où cette confusion bien légitime de votre part, je vous l'accorde.

– Ah, je ne savais pas que les humains donnaient à leurs navires des noms d'oiseaux… Quelle drôle d'idée !

– Vous avez bien raison, ma biche. D'ailleurs, ne trouvez-vous pas que ce navire ressemble fortement à celui que nous avons survolé, il y a quelques mois, durant notre dernier vol migratoire* ?

– Navrée, mon ami, mais je n'ai pas ce souvenir. Vous savez très bien que je n'ai aucun intérêt pour ces petits détails…

– Mais si, ma biche, rappelez-vous, nous avions été incommodés par cette fumée verdâtre !

– Oui, effectivement, mais je ne me rappelle pas avoir survolé ce… enfin, cette frégate, comme vous dites !

– Vous êtes sûre ? Faites un effort, ma biche !

– Écoutez, Hubert, puisque je vous dis que je n'en ai nul souvenir. N'insistez pas, à la fin ! Puis, arrêtez de m'appeler ma biche. Vous savez fort bien que je n'aime pas ce sobriquet…

– Et comment voulez-vous que je vous appelle, ma chère Edmée ?

– Je ne sais pas, moi, mais vous pourriez me gratifier d'un petit nom plus approprié à mon rang d'oie sauvage...

Le jars resta perplexe un instant, puis lui confia aimablement :

---

* Voir l'épisode *Le sortilède de la Belle espérance*.

– Pourtant, je trouve que ce petit nom vous sied à merveille… Car à mes yeux, ma chère Edmée, vous êtes aussi douce et gracieuse qu'une biche…

– Oh, Hubert, comme c'est attendrissant de votre part!

– Mais je le pense sincèrement, ma biche…

– Voyons, Hubert… Regardez, vous me faites rougir… Ce n'est pas raisonnable! Que vont penser les autres voyageurs?

– N'ayez crainte, ma biche. Puis, si vous me le permettez, je trouve que cette légère coloration sur votre joli duvet vous va à ravir… Croyez-moi, je le…

– ATTENTION! coupa soudain le jars commandant.

Au même moment, une masse coupa brusquement la trajectoire des oiseaux migrateurs. La perturbation provoqua un désordre général. Les oies situées à l'arrière percutèrent celles de devant, ce qui entraîna le groupe dans une chute infernale.

– NOUS PERDONS DE L'ALTITUDE! cria l'assistant du commandant.

– QUELLE HORREUR! NOUS ALLONS NOUS ÉCRASER! cacardèrent plusieurs passagers sous l'emprise de la panique.

– GARDEZ VOTRE CALME! intervint le commandant avec un remarquable sang-froid. Faites ce que je vous dis et tout ira bien! Que chacun de vous regagne sa place!

– EDMÉE, OÙ ÊTES-VOUS?

– Je suis là, Hubert! Un peu plus bas…

– Oh, ma biche, Dieu soit loué, vous n'avez rien! Tenez, attrapez mon aile…

Le couple d'oies regagna enfin sa place dans le groupe, qui reprit rapidement de l'altitude pour atteindre le rhumb* favorable.

– Eh bien, nous l'avons échappé belle, souffla le jars de tête avant de s'informer.

TOUT LE MONDE EST LÀ? PERSONNE N'EST BLESSÉ?

– Personne, commandant! confirma son assistant, volant sur son côté droit, légèrement en arrière. Et c'est bien grâce à votre action rapide si nous n'avons aucune victime à déplorer…

– J'y comptais bien. En cinq ans de carrière, je n'ai jamais perdu de passagers ou de membres d'équipage, sachez-le!

– C'est tout à votre honneur, commandant. Sinon, avez-vous eu le temps de voir ce qui a bien failli nous heurter?

---

* Couloir aérien où le vent est le plus favorable.

– Non, pas vraiment. Tout s'est passé si vite.

– Les occupants de ce navire en contrebas pourraient-ils être en cause, selon vous?

– Je ne crois pas, confia le jars de tête. Nous aurions entendu une détonation s'ils nous avaient visés avec leur canon...

– C'était peut-être un *OVNI*! rapporta un passager situé plus en retrait.

– Un quoi? demanda son voisin.

– Un *Oiseau Volant Non Identifié*. J'ai un cousin qui a été témoin de l'une de ces apparitions lors d'une traversée. À ce qu'on dit, ces visiteurs viendraient de planètes lointaines...

– N'importe quoi! Des oiseaux volants venus d'autres planètes, c'est ridicule, voyons!

– Détrompez-vous, mon ami, ces phénomènes sont très courants, vous pouvez me croire... Nombreux sont ceux qui ont vu de tels oiseaux avec leurs yeux lumineux, rouge et vert...

– Pff! des yeux lumineux rouge et vert, que ne faut-il pas entendre, vraiment! C'est absurde, je vous le dis. Je n'ai rien vu de tel sur cette chose qui a failli nous heurter... Je l'aurais remarqué, sinon...

– Cet oiseau extraterrestre avait peut-être les yeux fermés à ce moment-là?

– Allons donc! Bon, j'ai assez entendu d'inepties pour la journée! Je préfère changer de place. Sur ce, l'ami, adieu!

Sur ces paroles, le jars s'écarta et alla s'installer vers l'arrière en marmonnant des propos désobligeants sur le passager et son histoire absurde.

***

Au même moment, sur *La Belle espérance*, Ian Flix et ses compagnons scrutaient le ciel, à la recherche de leur capitaine.

– ÇA Y EST, JE LE VOIS! avertit tout à coup le quartier-maître. Parés pour virer à tribord! Et qu'on apporte vite la bâche de la chaloupe! Nous allons essayer de rattraper le capitaine avant qu'il ne tombe à la mer.

Très rapidement, un groupe de marins se déploya sur le pont, sous le regard anxieux des deux savants sortis précipitamment de leur cabine avec Castorpille.

– C'est bien lui, confirma maître Fujisan en pointant sa longue-vue. Tiens, mais quelle est cette étrange voile qui s'élève au-dessous de la chaise du capitaine? On dirait l'étoffe qui recouvrait ses jambes… Les extrémités du tissu semblent s'être coincées dans les roues, et le vent qui s'y est engouffré ralentit la chute, comme cette invention que l'on nomme parachute…

– Gardez le cap, monsieur Tétrapoulos! ordonna Flix avant de s'adresser aux autres matelots. Messieurs, préparez-vous pour la réception!

– Nous allons manquer le capitaine, j'en suis sûr! glapit Porouc, les yeux encore exorbités. Nous virons trop vers bâbord!

– Ne l'écoutez pas, monsieur Tétrapoulos! Gardez toujours ce cap! insista le quartier-maître. ATTENTION, MESSIEURS… LE CAPITAINE EST À VOUS!

Soudain, une violente bourrasque dévia la trajectoire de la chaise volante. Fermement agrippé, le capitaine Kutter percuta l'un des cordages d'amarrage, avant de basculer sur le grand hunier* qui, gonflé par le vent, l'éjecta brusquement de sa chaise. Sur le pont, les marins poussèrent un cri d'effroi, mais Bristol anticipa la manœuvre en entraînant ses compagnons avec la bâche. Ils eurent juste le temps de se positionner pour réceptionner leur commandant in extremis. La chaise, par contre, se fracassa de tout son poids, manquant de s'abattre sur un matelot.

---

* Voile du grand mât.

3
Le dragon d'Along

La Belle espérance venait de reprendre sa route en se frayant un passage entre les îles de la baie d'Along quand une sorte de barrissement, porté par le vent, résonna sur plusieurs lieues à la ronde.

– Vous avez entendu ? angoissa Porouc, le regard horrifié. C'était quoi, selon vous ?

– Ce n'est rien, c'est probablement une baleine, répondit calmement Mumbai, tout en nettoyant ses ongles avec la pointe de son *kouttar**.

– Une baleine ? s'étonna Porouc. Mais non, les baleines ne chantent pas de cette façon, voyons !

– C'est peut-être le son d'un cor ! suggéra Le Bolloch.

---

* Poignard typique de l'Inde.

La plupart optèrent pour cette hypothèse, mais pour s'en assurer, Flix s'informa aussitôt auprès de la vigie, sa main en porte-voix :

– RIEN À SIGNALER, MONSIEUR BROTON ?

– NON, RIEN DE PARTICULIER !

Plus ou moins rassuré, le second du capitaine Kutter se tourna vers son timonier :

– Maintenez toujours le cap, monsieur Tétrapoulos. Bientôt, nous aurons quitté cette baie. Ce ne serait pas le moment d'y faire de mauvaises rencontres.

Le navire s'engageait entre deux îlots lorsqu'un autre barrissement se fit entendre.

Parcourant du regard les innombrables saillies de terre qui jaillissaient de la mer turquoise, Broton ne vit aucune voile ni autre présence menaçante dans les environs.

Une double surveillance valant toujours mieux qu'une, la Tête de mort de *La Belle espérance* ne manqua pas, à son tour, de pointer sa longue-vue sur la surface de l'eau. Ne voyant aucune baleine ni aucun animal marin en mesure de produire de tels bruits, elle scruta alors le ciel, mais rien, en dehors d'un vol d'oiseaux migrateurs formant un V. Soulagée, elle se résigna finalement à ranger son instrument d'observation dans son repaire, mais un nouveau grondement, bien plus fort celui-là, la saisit de stupeur. En sursautant, elle échappa sa longue-vue qui tomba sur la bâche laissée pliée sur le pont avant de rouler et de s'arrêter sur le plancher.

« Zut, quelle maladroite ! Comment vais-je faire maintenant pour observer l'horizon ? Si j'avais été un crâne d'aigle, ma vue serait beaucoup plus perçante, mais ce n'est pas le cas… En plus, je tiens beaucoup à cette longue-vue… Il m'a fallu des jours pour évider cet os et y fixer des lentilles empruntées aux deux savants. Enfin, une chance qu'il y avait cette bâche pour retenir sa chute. Je m'en serais voulu de l'avoir endommagée. »

Sans perdre un instant, la Tête de mort avisa une ficelle dans son repaire. Elle s'assura d'avoir une longueur suffisante, puis elle forma une boucle fermée par un nœud digne d'un grand marin. Elle jeta ensuite un bref regard aux alentours afin d'être certaine de ne pas être épiée, puis elle laissa descendre sa ficelle le long du grand mât.

« Pour l'instant, tout se déroule comme prévu. Il ne me reste plus qu'à glisser la boucle du côté de l'œilleton et le tour est joué. Un vrai jeu d'enfant ! »

Confortablement allongé sur un tonneau, Moustache, un chat tigré roux et blanc, remarqua soudainement la manœuvre. Appelé par son instinct de joueur, il s'étira un bon coup et sauta avec souplesse de son perchoir.

« Hé, mais d'où il sort, celui-là ?! pesta la Tête de mort. Il va saboter mon opération. »

Voyant le bout de ficelle descendre, le félin sauta sur l'occasion et s'accrocha fermement à l'aide de ses griffes, avant de se sentir brusquement soulevé dans les airs.

« MAIS TU VAS LÂCHER, OUI !? Fais attention, Moustache, ou tu risques de le regretter ! »

Les orbites exprimant toute sa malice, la Tête de mort entraîna le chat dans une trajectoire circulaire pour l'étourdir, mais ce dernier resta bien agrippé en miaulant de plaisir.

« Ah, c'est comme ça ! Tu veux me mettre au défi, petite boule de poils ? Eh bien, tu sauras que je ne m'avoue jamais vaincue. J'ai la tête dure, tu sais ! »

Ayant plus d'un tour dans son crâne, la Tête de mort fixa la ficelle autour de son poignet pour libérer ses deux mains osseuses. Elle se saisit ensuite d'une cordelette au bout de laquelle elle forma une large boucle, puis elle la fit également descendre le long du grand mât, jusqu'à la hauteur du félin, toujours suspendu dans le vide. Elle l'attrapa par l'arrière-train et donna un léger à-coup pour mieux le serrer.

Soudain moins enthousiaste face à la tournure des événements, Moustache lança alors un miaulement de détresse qui ne laissa pas la Tête de mort indifférente.

« Je tiens à rappeler à tous ceux qui seraient en train de m'épier actuellement que je n'ai guère l'intention de maltraiter ce chat. Je veux simplement lui faire lâcher cette ficelle pour que je puisse récupérer ma longue-vue. Je ne suis pas une tortionnaire, attention ! J'adore les chats… mais là, ce Moustache, il exagère… Il risque de mettre mon plan en péril… Je ne peux pas le laisser faire, tout de même. Des vies sont peut-être en jeu en ce moment… »

Sur ces précisions, la Tête de mort se concentra de nouveau sur sa tâche en descendant un long tuyau muni d'un entonnoir à chaque extrémité. Une fois qu'elle eut placé un entonnoir sur l'oreille du félin, quelques mètres plus bas, elle lui confia d'une voix transformée par son passage dans le conduit :

« Bonjour, Moustache. Cette mission, si vous l'acceptez, consistera à récupérer la longue-vue tombée sur le pont, pour ensuite la remonter jusqu'au pavillon dans les meilleurs délais. Bien entendu, si vous ou un membre de votre équipe veniez à être capturé, je nierai toute participation à cette action. Bonne chance,

Moustache… Ce message s'autodétruira dans les cinq secondes selon le procédé habituel. »

Tout en retenant la ficelle et la cordelette entre ses mâchoires, la Tête de mort se hâta de remonter le tuyau. Elle l'enroula ensuite rapidement autour d'un boulet rempli de poudre et alluma la mèche avant de lancer le tout dans son repaire. La déflagration qui suivit fit voler en éclats plusieurs os et autres menus objets sans réelle valeur.

« Ciel ! j'ai un peu trop forcé sur le dosage, on dirait. Enfin, il n'y a pas de mal, c'est le plus important… Puis, heureusement que mon drapeau est totalement insonorisé, sinon le bruit de la détonation aurait pu alerter l'équipage… Bon, sur ce, revenons à nos moutons, ou plutôt à notre chat ! »

Moustache accepta la mission d'un ronronnement aigre en se laissant sagement descendre le long du grand mât. Mais la Tête de mort avait à peine entamé sa manœuvre qu'un rat brun, alpiniste à ses heures, apparut brusquement à ses côtés. Horrifiée, elle lâcha tout.

Voyant le pont se rapprocher à toute vitesse, Moustache ferma les yeux pour ne pas assister à sa chute infernale, persuadé que ses neuf vies ne suffiraient pas à le sauver. Fort heureusement, la Tête de mort se ressaisit juste à temps et l'arrêta net à deux doigts du plancher. Sous la secousse et la pression de la cordelette sur son abdomen, le félin ouvrit machinalement les yeux et constata la proximité du pont. Affolé, il agita ses pattes dans tous les sens, sans pourtant toucher le bois.

« Ouf, il était moins une ! souffla la Tête de mort. Cette mission presque impossible a bien failli échouer. Si je n'avais pas retenu ce chat à temps, il se serait fracassé sur ma longue-vue. Je ne me serais jamais pardonné une telle perte… »

Désireux d'en finir au plus vite avec cette dangereuse mission, Moustache rapprocha finalement ses quatre pattes et se saisit de l'instrument.

Tout en douceur, la Tête de mort hissa le félin jusqu'au pavillon noir pour récupérer son bien précieux et redescendit le courageux animal. Une fois qu'il fut sur le pont, elle eut tout juste le temps de lâcher la ficelle et la cordelette en avisant deux matelots qui s'approchaient du grand mât. En voyant le chat attaché, ces derniers se questionnèrent sur la façon dont Moustache avait pu s'y prendre pour s'emmêler ainsi. Ils se dépêchèrent de le libérer. Moustache ne demanda pas son reste et décampa pour se réfugier dans les cales, le temps de se remettre de ses émotions.

Pour sûr, il n'était pas près de s'aventurer sur le pont avant un bon moment. Mais à peine était-il descendu par l'écoutille qu'un terrible grondement traversa la baie.

Alerté par la menace, Flix ne courut aucun risque cette fois :

– TOUS LES HOMMES À LEUR POSTE ! BRANLE-BAS DE COMBAT ! OUVREZ LES SABORDS !

Au même instant, à quelques lieues de là, tout un pan de falaise vola en éclats, projetant dans les airs et dans la mer d'énormes masses de roche. L'entrée de la grotte, qui s'était en grande partie obstruée au fil des millénaires, venait d'être dégagée sous l'impulsion d'un dragon forcené. Libéré de son sommeil éternel par le pouvoir d'un sortilège, le gigantesque animal, d'un brun chaud aux reflets dorés, s'étira longuement en déployant ses larges ailes membraneuses. Ses deux yeux d'un vert semblable aux eaux de la baie s'habituèrent progressivement à la lumière du soleil. Bientôt, il allait pouvoir admirer à nouveau l'horizon et l'étendue de son immense territoire. Il était très impatient de redécouvrir ces paysages si souvent survolés autrefois. Mais en attendant de se lancer dans les airs, il analysa les sons et les odeurs transportés par le vent. Reconnaissant très vite l'irrésistible attrait de la chair humaine, il ouvrit largement sa gueule, munie de deux rangées de dents acérées.

Satisfait, le dragon poussa un énorme barrissement en laissant échapper quelques flammèches, puis il s'élança enfin dans le vide, répondant instinctivement à son appétit féroce. Il battit tout naturellement des ailes pour contrer l'attraction terrestre, mais, affaibli par son long sommeil, il plongea directement dans la mer et créa une énorme vague qui frappa violemment les îlots alentour.

***

Pendant ce temps, sur *La Belle espérance*, le pessimiste Porouc arpentait le pont de long en large, les mains accrochées à sa ceinture, en vociférant :

– C'était une folie de s'aventurer dans cette baie ! Je vous avais dit que ces îles étaient dangereuses…, de vrais coupe-gorge ! Mais voilà, personne ne veut jamais m'écouter ! Je me demande encore comment il se fait que notre navire n'ait pas été éventré par ces amas de roche qui jaillissent de partout…

– C'est tout simplement parce que nous avons monsieur Tétrapoulos à la barre ! expliqua Flix en donnant une frappe amicale sur l'épaule du timonier. Tu devrais savoir, Porouc, que les Grecs ont des millénaires de navigation derrière eux!

– Ce n'est pas moi qui dirais le contraire, glapit le marin, le visage blême. Tétrapoulos est un excellent timonier, certes, mais lutter contre un monstre marin, c'est loin d'être une partie de plaisir! Vous avez entendu ces hurlements? Cette bête doit être énorme! Aussi énorme que ce serpent géant qui a failli nous éperonner, il n'y a pas si longtemps*…

Pour une fois, les membres de l'équipage tendaient à penser comme leur ami cordier. Tous avaient encore en mémoire cette redoutable attaque survenue dans la mer des Antilles, quelques mois plus tôt. Ce jour-là, ils avaient bien cru voir venir leur dernière heure. Aucune de leurs armes n'était parvenue à arrêter ce monstre deux fois plus long que leur navire. Leur salut, ils l'avaient obtenu grâce à un charme du vieux grimoire libéré par les deux savants.

***

Le dragon regagna son île à la nage, renâclant, éternuant et recrachant furieusement des flammèches. Il s'accrocha enfin à la roche, laissant l'eau glisser sur ses écailles mordorées, puis il escalada la falaise à l'aide

---

* Voir l'épisode *Le sortilège de la Belle espérance.*

de ses puissantes griffes acérées. Arrivé au sommet, où il pourrait profiter d'une meilleure aire de lancement, il prit le temps de s'étirer et de pencher son énorme tête de chaque côté de ses épaules. La vue panoramique sur la baie lui rappela ce lointain passé où il régnait en maître absolu dans cette partie du monde. Redressant alors fièrement sa longue queue en pointe, il s'élança et plongea de nouveau dans le vide. Cette fois, il battit des ailes de façon plus énergique et remonta bien avant d'atteindre la surface de l'eau. Très vite, il prit de l'altitude, masquant le soleil en profilant une masse sombre en contrebas. Le dragon de la baie d'Along avait enfin retrouvé ses sensations presque oubliées.

– CRÉATURE EN VUE… PAR LES AIRS ! beugla la vigie du haut de son nid-de-pie. À TRIBORD ARRIÈRE !

– À QUELLE DISTANCE, MONSIEUR BROTON ? demanda abruptement le second du capitaine.

– ENVIRON UNE LIEUE. ELLE SE DIRIGE DROIT SUR NOUS !

Flix scruta l'horizon depuis la passerelle, mais ne vit toujours rien, gêné par la proximité des îlots. Il sentait ses hommes tendus.

– SA DESCRIPTION, MONSIEUR BROTON !

– DE TYPE REPTILIEN... AVEC DEUX ÉNORMES AILES!

– Maintenez toujours le cap, monsieur Tétrapoulos.

Le timonier d'origine grecque écarta ses jambes pour avoir un meilleur équilibre et, de ses quatre doigts à chaque main, il affermit sa prise sur la barre, prêt à changer brusquement de cap. Né à Athènes, près du port, Tétrapoulos connaissait tout sur les océans et sur l'art de la navigation. Depuis son enfance, il avait passé plus de temps en mer que sur terre. Sa passion d'écumeur, il la devait à son père et à son grand-père, en plus de cette hérédité aux mains...

Des clameurs s'entendirent bientôt sur le pont. Le dragon, qui s'était rapidement rapproché, survolait maintenant le navire de très haut, comme en reconnaissance.

– Devons-nous augmenter la voilure? s'empressa de demander Le Bolloch.

– Non, pas encore. Ce serait trop risqué de pousser notre vitesse au milieu de tous ces récifs. Attendons plutôt d'avoir quitté la baie, en espérant que cette créature abandonne ensuite la chasse. Nous avons peut-être pénétré dans son territoire et elle cherche simplement à nous en éloigner...

Sortis de leur cabine pour s'informer de la menace,

les deux savants y retournèrent à la hâte pour prendre leur grimoire.

– Le sortilège d'invisibilité nous a plutôt réussi la dernière fois! rappela fébrilement maître Fujisan.

– Vous avez raison, commençons par celui-ci. Nous aviserons si besoin est.

Au même moment, le dragon refit un passage et piqua cette fois en direction du bateau. Les tirs de pistolets effleurèrent à peine sa peau épaisse. En entendant les coups de feu, maître Chow posa sans attendre le grimoire sur la table et prononça la formule du sortilège d'une voix impérieuse, brandissant les deux mains en l'air :

– *INVISIBILITAS!*

En voyant le navire disparaître brusquement par l'avant, le dragon se dirigea vers la partie encore visible, mais l'effet du charme d'invisibilité progressa très rapidement jusqu'à la poupe. Le phénomène perturba considérablement le dragon, qui ne put remonter à temps face à la masse rocheuse qui apparut tout à coup devant lui. Le terrible choc qui suivit pulvérisa une grande partie de l'îlot, projetant des milliers de débris dans les airs. Plusieurs s'abattirent violemment sur le pont de *La Belle espérance* et endommagèrent sérieusement les voiles du gaillard arrière. Protégé par le mât d'artimon, Tétrapoulos parvint quand même à maintenir le cap tout en s'abaissant.

– IAN! cria Corsarez en voyant son ami qui venait de s'écrouler sous une pluie de pierres.

Légèrement étourdi, Flix se releva assez rapidement en s'aidant de la rambarde. Du sang coulait sur sa tempe droite. Il l'essuya rageusement du dos de la main.

– Tu n'as rien? demanda son fidèle ami, vite arrivé.

– Je vais bien, c'est juste une égratignure, le rassura Flix en remarquant le sang sur la chemise de son compagnon. Mais tu es blessé au bras!

– Bah, c'est trois fois rien aussi. Mais pour un peu, on y passait tous. La créature qui nous a attaqués, par contre, a carrément frappé cet îlot derrière nous.

– Bien manœuvré, monsieur Tétrapoulos! félicita le second du capitaine en se tournant vers son timonier.

– Merci, monsieur, même si je me demande encore comment nous avons pu y échapper.

Perché sur l'îlot, ou du moins ce qu'il en restait, le dragon semblait à peine sonné malgré la brutalité de l'impact. Il demeura immobile un instant, le temps de reprendre ses esprits.

– DERNIÈRES ÎLES EN VUE! annonça la vigie en se relevant sur son nid-de-pie, tandis que les deux savants sortaient de leur cabine pour se rendre jusqu'à la passerelle de commandement.

– Nous avons libéré le sortilège d'invisibilité ! annonça maître Chow. La créature ne nous voit plus.

La main sur sa tempe douloureuse, Flix comprit finalement pourquoi le dragon n'avait pas réussi à les atteindre du premier coup. Le cherchant du regard, il l'aperçut rapidement sur son promontoire, agitant ses ailes membraneuses. Sans plus attendre, il ordonna à voix basse, en appuyant ses mains sur le bastingage :

– À partir de maintenant, plus aucun bruit ou déplacement inutile ! Faites passer la consigne, monsieur Ostrogoff !

– À vos ordres.

Remis de sa fausse manœuvre, le dragon repartit dans les airs à la recherche du navire. Il ne le voyait peut-être plus, mais un doux parfum de chair humaine et de sang frais, transporté par le vent, lui parvenait jusqu'aux narines. Il se laissa donc allègrement guider par les odeurs.

– IL FONCE DROIT SUR NOUS ! coassa Porouc malgré les consignes de silence.

– CHUUUUUT ! lui intimèrent plusieurs marins en l'incendiant du regard.

Aussitôt avertie par les bruits, la créature ailée se rapprocha du bateau et tenta de l'attraper au jugé avec ses puissantes griffes, en vain.

Touchant de nouveau sa tempe, Flix observa brièvement son sang poisseux au bout de ses doigts et comprit soudainement la raison pour laquelle le dragon sentait leur présence toute proche.

– La créature est attirée par notre odeur! murmura-t-il à ses hommes. Nous devons la camoufler par tous les moyens possibles: poissons, rhum, etc.

Ostrogoff fit encore passer la consigne, puis, très vite, certains se précipitèrent sur les tonneaux de poissons encore frais du matin et s'en frottèrent les vêtements, tandis que d'autres s'aspergèrent de rhum. Faute de temps, plusieurs se jetèrent plutôt dans les cales et se mêlèrent aux animaux. La manœuvre eut visiblement l'effet escompté, car le dragon enchaîna deux passages sans fondre sur le navire. Il n'abandonna pas pour autant le combat. Décidé à en finir, il lança un premier jet enflammé, mais sans grande portée. De toute évidence, son long sommeil au fond de sa grotte avait amoindri ses facultés. Il avait encore besoin d'un temps d'adaptation.

La Belle espérance dépassa enfin les derniers îlots et put prendre de la vitesse, toutes voiles dehors. À bord,

les regards étaient tournés vers le dragon, qui cra-
chait des flammes de plus en plus longues et épaisses.
Convaincus d'être enfin sauvés, la plupart des hommes
se mirent à crier leur joie en chœur :

– NOUS LUI AVONS ÉCHAPPÉ !

– HIP ! HIP ! HIP !

– HOURRAAA !

Alerté par les cris venant du large, le dragon bifur-
qua brusquement et se posa sur l'île la plus éloignée
de la baie. Ouvrant sa gueule en grand, il cracha
cette fois une longue traînée de feu dans la direction
estimée. L'enthousiasme de l'équipage de *La Belle
espérance* s'éteignit aussi rapidement que la flamme
d'une chandelle soufflée par un courant d'air. Flix eut
juste le temps de tirer le timonier hors de la passerelle
que les flammes mordaient déjà la poupe. L'incendie
monta très rapidement le long du mât d'artimon et
s'attaqua aussitôt aux voiles. Le feu pénétra également
par les fenêtres à croisées des deux cabines arrière,
obligeant Bristol à se jeter sur le plancher au moment
où il s'apprêtait à évacuer le capitaine de sa couchette.
Touché par les flammes, le courageux matelot n'hésita
pas à se relever pour prendre le commandant dans ses
bras. Incommodé par la fumée et la chaleur intense
des lieux, il parvint tout de même à trouver la sortie.

À peine à l'extérieur, il s'écroula lourdement à genoux sur le pont avant de poser le capitaine juste devant lui, tandis que Flix et Corsarez s'étaient déjà précipités pour les secourir. Rapidement, ils allongèrent Bristol et le couvrirent avec leurs vêtements en frappant dessus pour bien étouffer le feu qui s'était attaqué au dos de sa veste.

Perché sur son île, le dragon observa le début d'incendie qui flottait étrangement dans les airs. Il ne voyait toujours pas de navire, pourtant il entendait clairement des cris de détresse. Plutôt déçu du résultat, et surtout enragé d'avoir perdu son premier repas depuis longtemps, il battit vigoureusement des ailes et repartit vers sa grotte.

4
L'incendie

À bord de *La Belle espérance*, tous les marins valides combattaient vaillamment les flammes. Alimentées par le vent, elles menaçaient de s'étendre sur l'ensemble du navire. Les premiers hommes arrivés sur place libérèrent les drisses tandis que leurs compagnons grimpaient sur les haubans pour amener les voiles. Pendant ce temps, d'autres se saisirent de couvertures et de seaux remplis d'eau de mer pour arrêter la progression du feu.

Témoin de l'effroyable scène, la Tête de mort ne put s'empêcher d'intervenir du haut de son pavillon noir :

« Maman, pourvu que les flammes n'atteignent pas le grand mât, sinon je suis cuite ! Vite, un seau ! On ne sait jamais, je pourrais en avoir besoin. »

Provisoirement absente de son poste, la Tête de mort fouilla énergiquement dans son modeste repaire. Tout ce qu'elle trouva inutile, elle le jeta nonchalamment derrière elle. Plusieurs objets sortirent ainsi du drapeau et tombèrent directement sur la vigie, qui s'empressa de mettre son bras pour se protéger des chutes insolites :

– AÏE ! MAIS C'EST FINI, OUI ?!

« Par ma boîte crânienne ! pesta la Tête de mort sans se rendre compte de l'impact de ses gestes sur le malheureux matelot. Où ai-je bien pu mettre ce seau ? J'étais pourtant certaine de l'avoir rangé là… Ah, ce que je peux être désordonnée ! Combien de fois ai-je entendu ma mère me répéter… VOILÀ, JE L'AI TROUVÉ ! Je savais bien qu'il était là, ce seau ! Finalement, je suis plutôt ordonnée dans mon désordre… »

Sur le gaillard arrière, les hommes luttaient toujours aussi énergiquement pour venir à bout de l'incendie. Les flammes progressaient même par les flancs et commençaient à entrer par les sabords. Alertée la première, Margarete, la vache laitière prussienne, s'empressa d'avertir ses compagnons de voyage :

– AU FEU ! AU FEU !

– QUOI ? s'alarma Sésame, la chèvre. Mais oui, Margarete a raison !

– Il faut sortir d'ici, je n'ai pas envie de finir en jambon cuit ! paniqua Topaze, le cochon autrichien.

Les poules, hystériques, se mirent à caqueter en sautant en tous sens, entraînant un nuage de poussière et de plumes, tandis que les flammes commençaient à mordre le bois.

– Mais où est-il, le marin qui nous garde ? s'inquiéta la chèvre.

– Il est assis, là-bas ! Il dort, on dirait...

– Réveillons-le, vite !

– GARDIEN !

– ...

– Il ne nous entend pas, Margarete ! grogna Topaze. Appelle-le, toi, tu le connais bien !

– ANTONIN, RÉVEILLE-TOI VITE ! LE FEU EST À TES PIEDS...

– HO ! QUOI, QU'EST-CE QU'Y A ?! LE FEU ? OÙ ÇA ? À MES PIEDS, VOUS DITES !? *Ô bonne mer*, mais c'est vrai qu'il y a le feu !

– Enfin, ce n'est pas trop tôt ! s'impatienta Margarete en agitant sa queue pour repousser l'épaisse fumée. Alors, Antonin, qu'attends-tu pour éteindre ce feu ?

– Oui, oui, tout de suite, j'arrive... *Ô bonne mer*, c'est terrible ce qui nous arrive !

Sans plus attendre, le gardien se leva et agita ses larges mains. De ses yeux globuleux, il repéra soudain une couverture et la plongea dans un seau d'eau. Puis, tout en marmonnant des « *Ô bonne mer !* » à tout bout de champ, il tenta d'étouffer le début d'incendie.

– C'est sûr, on va tous y passer ! s'alarma la chèvre.

– Antonin, sors-nous de cet enclos, vite ! lui cria encore Margarete.

– Mais vous allez vous taire, oui ! s'emporta le gardien, incommodé par la fumée. Kof ! kof ! kof ! Vous pouvez encore attendre, mais pas le feu…

– Il a raison, intervint soudain Castorpille, qui venait tout juste d'arriver sur les lieux. Si les flammes se répandent dans les cales, c'est tout le navire qui prendra rapidement feu… avec nous ! Attendez, je vais vous aider à sortir de là…

Pendant que le gardien combattait les flammes avec sa couverture, le castor femelle tenta d'ouvrir le portique en bois. En se hissant sur ses pattes arrière, elle put atteindre le loquet.

– Castorpille a réussi, regardez ! s'égosilla Sésame.

– Vite, sortez !

Tous les animaux se précipitèrent hors de l'enclos et se dirigèrent vers les écoutilles.

– Qu'est-ce que tu attends pour venir avec nous, Castorpille? meugla Margarete en se tournant vers le castor.

– Ne m'attendez pas, je vais aider le gardien. Il n'y arrivera pas tout seul.

La vache s'époumona presque :

– Mais tu es folle! Viens avec nous pendant qu'il est encore temps!

– Laisse-la, l'arrêta Topaze, de plus en plus incommodé par la fumée... Kof! kof! kof! On ne peut pas l'obliger à nous suivre. Dépêchons-nous plutôt de sortir de là... Kof! kof! kof! Je ne suis pas encore transformé en jambon cuit, mais en jambon fumé, ça ne saurait tarder...

Margarete suivit finalement ses amis en secouant la tête de dépit, puis elle monta sur le monte-charge automatique mis au point par les savants pour accéder aux différents niveaux du navire.

Castorpille, elle, se dépêcha de rejoindre Antonin. Avec un courage exemplaire, elle l'aida à étouffer les flammes rebelles en frappant le plancher du plat de sa queue. En la voyant, le gardien se sentit soudainement encouragé et redoubla ses efforts.

Pendant ce temps, sur le pont, Flix et les autres marins combattaient l'incendie sans relâche. En plus de la brigantine*, les flammes avaient atteint le perroquet de fougue** en remontant par le mât d'artimon. Elles n'allaient pas tarder à s'attaquer à la voilure du grand mât.

Alertée par la proximité du feu, la Tête de mort cria de tout son souffle :

«PAR MON OS OCCIPITAL, MAIS QU'ATTENDEZ-VOUS POUR ARRÊTER CET INCENDIE ?! JE NE VEUX PAS FINIR INCINÉRÉE COMME MON GRAND-PÈRE!»

L'air était de plus en plus irrespirable. Flix aidait à passer les seaux d'eau, tout en regardant les flammes qui gagnaient du terrain, lorsqu'il songea à une nouvelle tactique. Sans quitter la file, il se tourna vers le timonier, qui tenait courageusement la barre malgré le danger :

– Nous devons amener le navire sous le vent, monsieur Tétrapoulos! Il repoussera les flammes vers le large plutôt que vers le pont. C'est la seule façon de les empêcher d'atteindre le grand mât...

Le marin exécuta aussitôt la manœuvre, mais l'une des vergues du mât d'artimon céda au même moment et s'abattit sur lui. Alerté, Flix sortit prestement de la

---

* Grand-voile trapézoïdale placée sur le mât d'artimon.
** L'une des voiles du mât d'artimon.

file et s'empressa de venir le secourir tout en contrôlant d'une main le tournoiement de la barre.

– Tout va bien, monsieur Tétrapoulos?

Le marin originaire d'Athènes fit une vilaine grimace:

– Je crois que mon bras est cassé.

– J'appelle Rogombo…

– Non! Il a déjà assez à faire sur le pont. Je dois manœuvrer…

Tétrapoulos tenta de se relever, mais il perdit aussitôt connaissance.

– Docteur, vite, par ici! héla cette fois Flix avant de se concentrer sur la barre.

Ses yeux lui piquaient atrocement, lui faisant oublier momentanément sa douleur à la tempe. Il parvint tout de même à positionner *La Belle espérance* sous le vent, obligeant ainsi le feu à changer de direction.

«Ah, enfin! s'exclama la Tête de mort. On y voit mieux tout à coup… Bien manœuvré, Monsieur Flix! Maintenant, on va pouvoir s'attaquer à cet incendie dans de meilleures conditions…»

La courageuse Tête de mort lança encore son seau à la mer, puis, tirant de toutes ses forces, elle parvint à le remonter jusqu'au pavillon. Elle eut l'impression que ses os allaient craquer tant elle les mettait à rude épreuve. Avec un sang-froid exemplaire, elle projeta toute son eau sur la voilure du perroquet, et répéta la manœuvre.

Au même moment, dans leur cabine, les deux savants cherchaient désespérément dans leur grimoire.

– Qu'attendez-vous pour trouver un sortilège efficace? s'impatienta maître Fujisan.

– Mais enfin, vous voyez bien que je cherche! rétorqua le savant chinois en pestant finalement contre lui-même. AH, VOILÀ, JE L'AI TROUVÉ!

Le savant chinois sortit prestement de la cabine en tenant le grimoire, puis il prononça à voix haute:

– *PLUVIA MAXIMUS*!

Un ruban de fumée verdâtre s'éleva dans les airs, aussitôt le livre ouvert, et forma bientôt un gros nuage sombre, suivi d'une grosse pluie qui s'abattit brusquement sur le navire. L'incendie s'essouffla enfin, avant de s'éteindre complètement.

– Nous avons réussi!

– Cette pluie est un véritable miracle! s'empressa d'annoncer le père Chouard sans se douter qu'elle avait été provoquée par un sortilège.

– Nous sommes sauvés! HIP! HIP! HIP!

– HOURRAAAA! crièrent plusieurs hommes avant de se tourner les uns vers les autres pour se taper joyeusement sur l'épaule.

Dans ce même élan, la Tête de mort leva prestement ses deux bras osseux en l'air, fière du travail qu'elle avait accompli. Mais dans un geste maladroit, trempée jusqu'aux os, elle échappa son seau, qui tomba quelques mètres plus bas et assomma la vigie.

«Ah, zut! j'avais oublié que je tenais encore ce seau! Aïe, aïe, aïe! Il a dû avoir mal, Broton... C'est bien fâcheux tout ça. Comment vais-je récupérer mon seau, maintenant? Il est à moi tout de même, et j'y tiens. Que voulez-vous, je garde tout! C'est une manie qui me vient de feu ma mère...»

Ian Flix et ses amis s'en tiraient finalement à bon compte, mais les dommages subis par le navire étaient inquiétants. Le gaillard arrière et les voiles détériorés par le feu pouvaient être réparés, mais, pendant ce temps, la performance de marche du bateau s'en trouvait grandement réduite. En cas d'attaque imminente, il deviendrait alors très difficile d'échapper à l'ennemi. Profitant encore des effets du charme d'invisibilité pour toute une journée, l'équipage ne perdit pas de temps et se mit aussitôt au travail, malgré la forte pluie.

Les deux savants, quant à eux, songeaient déjà très sérieusement à concevoir un système de pompage qui permettrait aux matelots de remonter l'eau de mer jusqu'au pont, avec une pression suffisamment forte pour s'attaquer à un incendie. Le sortilège de pluie avait certes été efficace, mais ils durent attendre une heure avant de voir les effets disparaître. Ils avaient bien hâte de s'atteler à leur nouveau projet, mais pour le moment, il était plus urgent de réparer la chaise roulante du capitaine, qui lui faisait cruellement défaut et le rendait complètement irritable.

***

Le gros des réparations fut complété dans les deux jours suivant l'incendie, grâce à un travail intensif. Chaque quart s'était relayé du matin au soir. Toute la voilure du mât d'artimon put être changée, et la plupart des planches du pont, remplacées. Tischler, le maître-charpentier, supervisa également la remise en état de la cabine du capitaine et de celle de Flix, située juste à côté. Il ne restait plus qu'à apposer les fenêtres à croisées et à passer quelques couches de peinture par-ci par-là. Pour la coque extérieure, la tâche fut beaucoup moins aisée cependant. Les hommes avaient dû descendre avec des cordages attachés à de petits sièges en bois pour pouvoir retirer les planches endommagées et en remettre des nouvelles. Fort heureusement, la partie la plus touchée par le feu se trouvait vers le haut du gaillard arrière.

À bord, la vie reprit progressivement son cours, et l'attaque de ce dragon, encore fraîche dans les esprits, ne serait bientôt qu'un mauvais souvenir à raconter. Heureux d'avoir retrouvé sa motricité dans sa chaise roulante, le capitaine parada de-ci de-là en donnant ses ordres. Par mesure de sécurité, il choisit d'éviter le détroit de Qiongzhou, séparant la côte sud de la Chine de la grande île de Qiongzhou. Ce n'était pas le moment de croiser un navire ennemi dans ce passage étroit et de s'engager dans un difficile combat après une si lourde épreuve. Le chef pirate mit donc le cap au sud pour contourner l'île et remonter ensuite par la mer de Chine.

5
Lin Yao

Après trois semaines de navigation, Ian Flix et ses amis atteignirent la mer Jaune au large de la Chine.

– CANOT EN VUE! À BÂBORD! annonça soudain la vigie du haut de sa plateforme.

– POUVEZ-VOUS IDENTIFIER LES OCCUPANTS, MONSIEUR BROTON? demanda Flix, la main en porte-voix.

– C'EST UN CANOT DE LA COMPAGNIE *RHUM-ATISME...* DEUX OCCUPANTS À BORD...

– La compagnie *Rhum-Atisme*? répéta Cenfort, l'air soupçonneux en se tournant vers son ami Martigan. Je ne savais pas que le distributeur de rhum était à nouveau en panne. Et toi?

– Non. Hier soir, il fonctionnait encore quand on a fini notre quart. C'est étrange… Hé, Ostrogoff! Tu n'aurais pas oublié de nous avertir, j'espère?

– Non, assura le greffier d'origine russe, le nez busqué frémissant sous le commentaire. Le distributeur de rhum fonctionne parfaitement!

L'étonnement s'empara des membres de l'équipage et augmenta encore lorsqu'ils constatèrent la présence d'une adolescente aux traits orientaux à bord du canot.

– C'est qui la gamine derrière le réparateur? demanda Mumbai en s'appuyant sur le bastingage.

– Sa fille sans doute? suggéra Le Bolloch.

– SA FILLE?! Mais elle est asiatique!

– Et alors, ce n'est pas parce que tu es un Blanc que tu ne peux pas avoir d'enfant avec des traits asiatiques! Sa femme est peut-être chinoise ou coréenne.

– C'est vrai, je n'y avais pas pensé! reconnut le matelot. Mais pourquoi a-t-il emmené sa fille?

– Comment veux-tu que je le sache, Mumbai? Il voulait peut-être lui montrer comment se passaient ses journées de travail…

– Ah, tu crois?

– Mais non, je ne crois pas! Je suppose, c'est tout… Écoute, tu m'agaces avec tes questions! Je n'en sais rien, moi! s'exaspéra Le Bolloch en s'éloignant ostensiblement de Mumbai, qui prit aussitôt un air renfrogné.

Entendant les éclats de voix, maître Chow sortit de sa cabine avec maître Fujisan et vint s'enquérir de la situation. Arrivé devant la rambarde, il s'exclama tout à coup:

– Par la Grande Muraille, mais c'est Lin Yao!

– Vous connaissez cette enfant, maître Chow?

– C'est ma nièce, la fille de mon frère cadet! Si je m'attendais à la voir ici… J'espère qu'il n'est rien arrivé de grave dans la famille!

– BONJOUR, ONCLE HUAN! cria soudain la jeune fille en agitant énergiquement la main.

L'employé de la compagnie *Rhum-Atisme* se rapprocha de la coque, puis attrapa la corde qu'un marin lui jeta. La joie de maître Chow en disait long sur l'affection qu'il portait à sa nièce. Celle-ci, en s'appuyant au bras de son oncle, accéda au pont avec une souplesse remarquable. Elle était chaussée de sandales de paille et portait une chemise de coton beige aux larges manches à revers avec un pantalon ample de même matière resserré aux chevilles.

Lin Yao releva timidement son chapeau de paille conique, dévoilant son visage joliment rond et ses cheveux noirs ornés de deux couettes qui effleuraient ses frêles épaules. Ses yeux noirs en amande brillaient de plaisir de retrouver son oncle. Mais derrière ce regard de bonheur se dissimulait une tristesse que maître Chow ne vit pas tout de suite, sans doute trop heureux de revoir sa nièce. Il lui prit les deux mains pour l'admirer.

– Comme tu as grandi, Lin Yao! La dernière fois que je t'ai vue, tu avais…

– Huit ans, oncle Huan… Et aujourd'hui, j'en ai douze…

– Douze ans, déjà! Tu sais, si tu ne ressemblais pas tant à ta mère, je ne t'aurais pas reconnue.

Donnant un bon coup sur les roues de sa chaise, le capitaine Kutter s'approcha et coupa court à la discussion:

– Pourquoi êtes-vous tous entassés sur le pont? Vous n'avez rien d'autre à faire?

– C'est la nièce de maître Chow, capitaine, jeta Mumbai en jouant distraitement avec sa boucle d'oreille. Elle vient de monter à bord…

– Sa nièce? Sacrebleu, mais que vient-elle faire sur mon bateau? questionna-t-il, les sourcils froncés.

Le greffier russe arriva derrière lui et précisa, la plume toujours en main:

– Elle est venue avec le réparateur de rhum, j'ai tout noté…

– QUOI? Le distributeur de rhum est encore en panne? Pourquoi n'ai-je pas été averti? MONSIEUR FLIX!

– Le distributeur n'a rien à voir avec la visite du réparateur, capitaine, répondit simplement le second, qui suivait les retrouvailles de maître Chow avec sa nièce.

– Dans ce cas, pourquoi est-il là?

Les mains sur ses accoudoirs, le commandant de *La Belle espérance* gardait son air renfrogné en lorgnant autant le réparateur que la jeune fille toute menue.

– Je n'en sais pas plus, capitaine, avoua Flix en quêtant une explication chez l'employé de la compagnie *Rhum-Atisme,* qui ne tarda pas à s'exécuter.

– J'étais en voyage d'affaires à Pékin…

– Pékin, c'est où ça? souffla Martigan, le menton allongé par son questionnement.

– Comment, tu ne sais pas où se trouve Pékin? s'étonna Cenfort. C'est au Japon, voyons! On voit bien que tu n'as pas beaucoup navigué dans ta vie…

– Mais non, tu dis n'importe quoi, reprit fortement Porouc en levant le bras pour souligner son importance du moment. Pékin se trouve aux Philippines…

– Donc, comme j'étais en train de vous l'expliquer, poursuivit lourdement le réparateur en levant les yeux

au ciel… Je me trouvais en voyage d'affaires à Pékin…
EN CHINE… Notre compagnie y a tout récemment
ouvert un centre de réparations, et j'ai été appelé à m'y
rendre pour assister le nouveau contremaître dans ses
fonctions. Avec les cent millions d'habitants qui vivent
dans ce vaste pays, il devenait nécessaire d'y établir
rapidement un comptoir pour répondre à la demande
grandissante. J'étais donc occupé au recrutement de
nos futurs réparateurs au sein de la population locale
lorsque cette jeune fille s'est présentée devant moi.
Elle voulait savoir comment se rendre au port le plus
proche pour rechercher son oncle qui, me dit-elle,
vivait à bord d'un bateau, selon les dernières nouvelles
reçues par sa famille…

– Il faut croire que la providence l'avait conduite
jusqu'à vous! s'exclama maître Chow.

Le réparateur opina de la tête, méditatif, puis il
poursuivit :

– Quand elle m'a dit que son oncle s'appelait Huan
Chow et que le nom de son bateau était *La Belle
espérance*, eh bien, je me suis dit :

« Victor, tu dois aider cette petite à retrouver son
oncle ! »

– Mais comment avez-vous su que nous naviguions
dans ces eaux ? demanda Yasar, le matelot turc, son fez

aux couleurs bigarrées sur la tête. On ne vous a pourtant pas envoyé de message par notre pigeon voyageur!

– Oh, je n'ai pas eu trop de difficulté à vous retrouver, vous savez! Pour repérer nos fidèles clients, où qu'ils soient en mer, notre compagnie possède dorénavant un instrument des plus perfectionnés… Le *GPS*… Il nous est d'une grande utilité dans notre travail…

– C'est quoi le *GPS*? chercha à savoir Porouc, en ouvrant d'immenses yeux.

– C'est le *Grand Pisteur à Souffle.* Vous allez sans doute trouver tout ceci étrange, mais l'un de nos chercheurs est parvenu à communiquer avec des dauphins en soufflant dans un coquillage… Il s'agit d'une espèce de mollusques très rare. On les retrouve uniquement le long des côtes d'une île déserte.

– Et comment s'appelle-t-elle, cette île? persifla Yasar, qui n'avait pas bougé.

– Ah, désolé, mais c'est confidentiel! s'exclama Victor en levant la main. J'ai fait le serment de ne jamais révéler cette information.

– Tu parles! grogna Le Bolloch en prenant les autres à témoin. Moi, je ne crois pas un mot de toute cette histoire. Communiquer avec des dauphins, c'est absurde, voyons! Et avec un coquillage, en plus!

– Pas du tout, je vous assure ! clama bien haut le réparateur en se tournant prestement vers la nièce de maître Chow. Demandez à cette jeune fille, elle pourra vous le confirmer…

– Monsieur Victor a raison. Je l'ai vu souffler dans ce gros coquillage puis, peu de temps après, trois dauphins se sont approchés de notre canot. Et c'est eux qui nous ont tirés jusqu'à votre bateau…

– Vous n'allez pas croire cette fillette ! persista Le Bolloch. À cet âge, ils ont beaucoup d'imagination…

– Là, je vous arrête ! rétorqua aussitôt maître Chow en levant une main en guise de protestation. Si Lin Yao nous dit qu'elle a vu ce brave homme communiquer avec les dauphins, je la crois !

Surpris par l'intervention du savant, Le Bolloch se radoucit un peu, mais sans pour autant perdre la face devant ses compagnons.

– D'accord. Inutile de vous fâcher… Je veux bien la croire, votre nièce. Elle a peut-être vu ces dauphins les guider, mais comment ont-ils pu savoir avec exactitude où nous étions ? Je me le demande…

– C'est une bonne question, s'empressa de souligner le réparateur, avec un gros sourire de satisfaction. Vous allez vite comprendre. Quand nous arrivons sur le bateau d'un nouveau client, nous utilisons notre *GPS* une première fois pour attirer les dauphins. Dès leur arrivée, nous produisons alors une série de sons bien distincts pour chaque bateau. Nous gardons toujours sur nous la liste des sons de toute notre clientèle. Le ou les dauphins qui répondent à notre appel associent aussitôt cette sonorité au navire en vue, et le tour est joué. Il nous suffit ensuite de reproduire ces sons pour nos futures affaires et de nous laisser guider par nos partenaires aquatiques. Vous seriez étonnés de voir avec quelle rapidité ces animaux communiquent entre eux d'un bout à l'autre des océans. Grâce à eux, nous pouvons vous retrouver n'importe où. Jamais ils ne se trompent, je peux vous l'assurer.

– Je le crois, moi ! jeta soudain Tétrapoulos en massant son bras immobilisé dans son attelle de bois. Nous autres les Grecs, peuple de la mer, nous savons que les dauphins sont étroitement liés à la vie des hommes…

***

Au même moment, à l'avant du navire, les deux dauphins sculptés de la figure de proue s'émerveillaient en écoutant la conversation qui avait cours sur le pont.

« Hé, Thelma, t'as entendu ? Le gars qui vient réparer le distributeur de rhum sait communiquer avec les dauphins. Tu y crois, toi, à son histoire ? »

« Bien sûr, Louise. Écoute, que dirais-tu si on te racontait que deux dauphins représentant une figure de proue sont capables de parler depuis qu'un sortilège s'est abattu sur un navire ? Est-ce que tu le croirais ? »

« Évidemment, Thelma, puisqu'on parle toutes les deux ! »

« Eh bien, voilà, Louise ! Il n'y a donc aucune raison de douter de son histoire. »

***

– Je serais curieux de voir le réparateur parler avec les dauphins ! s'entêta Le Bolloch.

– C'est très simple, confia le dénommé Victor en redressant le menton. Puisque vous doutez encore, eh bien, je vais vous le prouver sur-le-champ !

Sans plus attendre, l'employé de la compagnie *Rhum-Atisme* descendit par l'échelle de corde pour regagner son canot. Sa descente fut suivie d'un mouvement sur le pont où chacun se chercha une place à la rambarde. Même le capitaine Kutter se laissa gagner par la curiosité en accédant prestement à la passerelle de commandement pour mieux observer la mise en scène.

Déterminé à satisfaire ses spectateurs, le réparateur sortit de sa sacoche une superbe conque crème, striée de plusieurs courbes brunes et orange. D'un geste théâtral, il présenta le magnifique coquillage aux marins attentifs et souffla par la partie conique percée pour en sortir un son quasi inaudible pour les hommes. Un moment s'écoula devant les regards plus ou moins crédules, quand tout à coup un dauphin apparut, à la stupéfaction de tous. Le réparateur tendit alors une main pour montrer la présence du cétacé, puis il souffla de nouveau dans la conque. Cette fois, le dauphin se mit à sauter et à faire des pirouettes en pointant son rostre vers le navire.

– VOYEZ-VOUS SES SAUTS RÉPÉTÉS ? cria Victor pour que tous l'entendent du pont. C'est parce qu'il a reconnu le navire à partir du son auquel il est associé…

– Extraordinaire, ne trouvez-vous pas, maître Chow ?! s'exclama le savant japonais.

– Absolument, acquiesça aussitôt son confrère en replaçant son pien sur sa tête. Nous devrions chercher à en savoir plus sur ces remarquables animaux et leurs moyens de communication. Nous aurions beaucoup à apprendre, je pense.

– Je suis entièrement d'accord avec vous.

Satisfait de l'effet qu'il avait produit sur l'équipage, le réparateur regagna le pont et se laissa rapidement entraîner dans la discussion, répondant allègrement aux questions qui affluaient de toutes parts.

6

La terrible révélation

Visiblement heureux, maître Chow entreprit de faire visiter le bateau à Lin Yao. Tout en marchant vers sa cabine, il lui présenta brièvement les différentes parties du pont. Entre deux propos, il ne manquait pas de se réjouir de la présence de sa nièce. Il lui expliqua, le cœur joyeux :

– En tout cas, c'est la providence qui m'a fait écrire à mon frère, il y a quelques mois, pour lui donner enfin de mes nouvelles, sinon, ma chère nièce, tu n'aurais jamais pu savoir sur quel bateau je me trouvais.

– Oui, mais quand même, oncle Huan, j'aurais tout tenté pour te retrouver.

La douce voix de Lin Yao trembla quelque peu, et alerta soudain le savant.

– Vraiment? Mais pourquoi autant de détermination? Attends un peu… Ce n'est quand même pas ton père qui t'envoie pour me convaincre de participer aux prochains Jeux de l'empereur? questionna sèchement maître Chow sans laisser le temps à sa nièce de répondre. Pourtant, j'avais été très clair à ce propos, en prenant la décision de ne plus me représenter… Il était temps pour moi de laisser la place aux plus jeunes… C'est d'ailleurs ce que j'avais dit aux membres du conseil de Tianshan. Mais mon frère sait se montrer obstiné. Depuis, il n'a pas cessé de chercher un argument pour me faire changer d'avis. Mais je ne reviendrai pas sur ma décision, tu pourras le lui dire de ma part!

Maître Chow s'arrêta, pestant intérieurement contre son frère. Il était persuadé que ce dernier, profitant de l'affection que le savant avait pour sa nièce, lui avait envoyé sa fille pour le convaincre de participer à nouveau aux Jeux de l'empereur. Lin Yao put donc enfin répondre et se libérer du poids qui pesait sur son cœur:

– Ce n'est pas mon père qui m'envoie, oncle Huan, ni le conseil de Tianshan. Je suis venue de mon propre chef. De toute façon, même si tu avais changé d'avis, nous n'aurions pas pu défendre notre titre de meilleure équipe, gagné il y a quatre ans.

Maître Chow parut tout à coup gêné de s'être fourvoyé.

– Je ne comprends pas, Lin Yao. Je croyais que le conseil était décidé à présenter une autre équipe pour les prochains Jeux.

– Il l'était, s'empressa d'acquiescer la jeune fille, mais il y a environ deux mois, des étrangers sont venus au village, une première fois. Ils ont cherché à nous dissuader d'y participer.

– Mais pourquoi, voyons ?!

– Je l'ignore, oncle Huan. Ces hommes semblaient très déterminés cependant. Ils étaient prêts à acheter notre participation, mais le conseil a fermement refusé. Tu sais combien ces Jeux font la fierté de notre village…

– Oui, mais si le conseil de Tianshan n'a pas cédé à ce chantage, pourquoi es-tu venue me voir alors ?

Lin Yao baissa la tête, la voix brisée par un sanglot étouffé :

– Ces mêmes hommes sont revenus, il y a deux semaines environ. Ils sont entrés de force dans toutes les maisons en mettant tout sens dessus dessous. Mais le plus horrible, oncle Huan, c'est ce qu'ils ont fait aux représentants de notre équipe et à tous les villageois qui ont cherché à les défendre.

– Que leur est-il arrivé, Lin Yao ? demanda vivement maître Chow, très inquiet tout à coup.

– Ils… ils les ont pétrifiés sur place en leur jetant un sort !

Horrifiée par ce souvenir, Lin Yao se blottit dans les bras de son oncle, les yeux en larmes. Maître Chow demeura immobile quelques instants, sous les regards émus de ses compagnons. Il confia finalement, en posant tendrement sa main sur la tête de sa nièce :

– Je comprends maintenant pourquoi tu étais si déterminée à me retrouver. Tu as bien fait de venir jusqu'à moi, assura le savant. Et tes parents ? Ont-ils été… ?

Lin Yao releva la tête tout en essuyant ses joues humides, puis elle répondit :

– Non, ils ont été épargnés. Mon père n'était pas au village à ce moment-là. Heureusement d'ailleurs, sinon je suis sûre qu'il se serait interposé aussi. Ces hommes lui auraient alors réservé le même sort…

– C'est certain. Mais comment ces brigands ont-ils pu faire une telle chose ? Le sais-tu ?

Lin Yao respira plusieurs fois, puis poursuivit ses explications. Elle raffermissait sa voix au fur et à mesure, heureuse de sentir son oncle près d'elle :

– L'un d'eux, le plus effrayant de tous, tenait un gros livre qui paraissait très ancien. J'étais cachée quand je les ai vus s'en prendre à deux villageois. Soudain, cet homme a tendu son livre devant lui, puis il s'est mis à parler dans une langue qui m'est inconnue. J'ai alors vu le livre s'ouvrir tout seul, comme par magie, et projeter une lumière éclatante sur les deux villageois, qui ont immédiatement été pétrifiés.

– Vous avez entendu, maître Fujisan ?

Le savant japonais fit un hochement de tête, lui aussi très ému et bouleversé par ces révélations. Maître Chow chercha aussitôt à savoir :

– Aurais-tu remarqué une inscription particulière sur la couverture de ce livre ? Des signes et des symboles étranges ?

– Je n'ai pas fait attention, oncle Huan. J'étais terrifiée. En plus, j'étais trop loin pour parvenir à voir ce qu'il y avait d'écrit sur ce livre… Il m'a paru ancien, c'est tout ce que je peux affirmer… Par contre, se rappela tout à coup la jeune fille, j'ai pu entendre une discussion entre l'homme au livre et le chef.

– Comment peux-tu dire que l'un était le chef ?

– Je l'ai déduit à partir du chapeau qu'il portait. Il était semblable à celui du capitaine.

L'information intrigua les deux savants et tous leurs amis qui s'étaient rapidement rapprochés en entendant ces révélations.

– Et te souviens-tu de la conversation de ces deux hommes ? s'enquit aussitôt maître Chow.

– Oui, très bien. L'homme au chapeau a demandé combien de temps allaient durer les effets du sortilège et l'autre lui a répondu quarante jours. Il a ensuite précisé que c'était largement suffisant…

– Largement suffisant pour quoi ?

– Je ne sais pas, oncle Huan. Ils se sont éloignés ensuite, et je n'ai pas pu entendre le reste. J'ai pensé les suivre, mais j'ai eu peur qu'ils me jettent aussi un sort en me voyant. Je devais moi-même participer aux épreuves d'acrobatie des Jeux de l'empereur. J'attendais ce moment depuis quatre ans !

– Je te comprends, Lin Yao. Mais sois sans crainte. Sur ce bateau, tu seras en sécurité, crois-moi.

Les yeux de Lin Yao flamboyèrent brusquement. Elle recula avant de confier avec fermeté :

– Je te remercie de vouloir me protéger, oncle Huan, mais je ne suis pas venue ici pour fuir ces hommes ! J'espérais plutôt solliciter ton aide pour redonner aux habitants de Tianshan leur apparence et pour que notre équipe puisse participer aux Jeux de l'empereur, comme c'est la tradition dans notre village…

Des murmures s'élevèrent sur le pont. Maître Chow observa la réaction de l'équipage, tout en cherchant le moyen de répondre à la requête de sa nièce. La décision qu'il s'apprêtait à prendre était loin d'être facile, et il ne voulait pas forcer la main de ses amis. Il confia finalement, captant aussitôt l'attention de tous :

– Ne t'inquiète pas, Lin Yao. J'irai à Tianshan avec toi. Je ne sais pas encore si je parviendrai à conjurer ce sortilège avant l'ouverture des Jeux, mais s'il existe un moyen, je le découvrirai. Il faudra tout d'abord que je retrouve la trace de ces hommes afin de leur reprendre ce livre… Peut-être renferme-t-il un contre-sortilège…

– Ces bandits de pétunia sont certainement déjà partis pour Pékin, intervint Flix gravement. Sinon, pourquoi auraient-ils cherché à empêcher les habitants de votre village de participer à ces Jeux ? Ils tenaient sans doute à écarter leurs plus redoutables adversaires pour s'assurer la victoire…

– Vous avez raison, cher ami, acquiesça maître Chow.

– Et quand auront lieu ces Jeux ? questionna le capitaine à son tour, en avançant sa chaise roulante aux côtés de son second.

– À la prochaine pleine lune, glissa Lin Yao doucement, le cœur palpitant.

– Hum… cela nous laisse très peu de temps, reconnut maître Chow. Beijing* est bien loin de notre position. Nous devrons d'abord atteindre la côte, et le canot de notre ami Victor ne suffira pas, même si on se relaie pour ramer…

Le réparateur précisa aussitôt :

– Mais non, nous n'aurons pas besoin de ramer ! Grâce à mon *GPS*, et avec trois ou quatre dauphins pour nous tirer, nous aurons rapidement atteint la côte chinoise, vous verrez.

– Et qui vous parle d'être tirés par des dauphins ? objecta le capitaine Kutter, les sourcils froncés. Laissez ces animaux vivre en paix, sacrebleu ! *La Belle espérance* sera tout aussi rapide ! Puis, à quoi servent les amis si on ne peut pas compter sur eux ? N'est-ce pas, messieurs ?

De bruyantes clameurs d'approbation répondirent aussitôt à la proposition du chef.

Visiblement ému par cet élan de solidarité, maître Chow prit la parole, un grand respect dans la voix :

– Votre sollicitude me touche profondément, mes amis. Jamais je ne l'oublierai. Seulement, je doute

---

* Nom chinois de la ville de Pékin.

que nous puissions arriver pour libérer ces villageois avant le commencement des Jeux de l'empereur. Notre navire est certes rapide, mais, une fois la côte chinoise atteinte, il nous faudra encore traverser les terres sur une longue distance pour nous rendre à Beijing. Or, il nous reste moins de deux semaines avant la prochaine pleine lune…

Le matelot Martigan, en pleine confusion, se tourna vers Cenfort en lui soufflant discrètement :

– Pourquoi maître Chow parle-t-il encore de Beijing ? Je croyais qu'il était question de Pékin…

– Bah ! tu sais, même des savants peuvent se tromper. De toute façon, si on doit se rendre à Pékin, on finira par y arriver, même en passant par… c'est quoi le nom de la ville déjà ?

– Beijing…

– Ah, oui, Beijing ! En Europe, j'ai déjà entendu dire que tous les chemins mènent *au rhum*. C'est peut-être la même chose en Chine. Il est possible que, là-bas, tous les chemins finissent par mener à Pékin même si on doit passer par Beijing avant.

– Tu as sans doute raison, approuva Martigan, impressionné par les explications de son ami.

« Mais qu'est-ce qu'ils peuvent être bêtes, ces deux-là ! ne put s'empêcher de commenter la Tête de mort, du haut de son pavillon noir. Pékin et Beijing, c'est la même ville, voyons… Puis pourquoi Cenfort dit-il que tous les chemins mènent *au rhum* au lieu de dire à Rome ? Décidément, la boisson ne lui réussit pas… et ce n'est pas le nouveau rhum sans alcool des savants qui va y changer quelque chose… Ce marin est vraiment un cas désespéré, je vous assure, et son acolyte Martigan n'est guère mieux… Enfin, que voulez-vous, il faudra s'y habituer, j'en ai peur ! »

– Et si nous passions par les airs, à bord d'un aérostat !? suggéra soudain maître Fujisan, l'œil pétillant.

– À bord d'un aérostat, dites-vous ? réfléchit tout haut maître Chow en lissant ses moustaches.

– Absolument, cher ami. Nous n'avons pas encore utilisé le nôtre depuis notre embarquement sur *La Belle espérance*. La dernière fois que j'y suis monté pour me rendre de Calais à Douvres, il était en parfait état, je peux vous l'assurer. C'est pourquoi j'ai tenu à ce que nous l'emportions avec nous. Il nous suffira de le hisser sur le pont et de le gonfler pendant que le navire se rapproche des côtes chinoises…

– Vous avez entièrement raison, maître Fujisan ! En passant par les airs, poussés par les vents, nous pourrons peut-être arriver à temps ! Vous êtes un génie, mon ami ! Que ferais-je sans vous ?

– Je me le demande, en effet.

Les deux savants partirent aussitôt à rire, tandis que Lin Yao sautait dans les bras de son oncle, le cœur à nouveau gonflé d'espoir.

7
La sélection

Sans plus attendre, le capitaine Kutter ordonna à ses hommes de hisser le canot du réparateur sur le pont et invita le dénommé Victor à séjourner à bord, le temps du voyage. Flix lui proposa de partager sa cabine, tandis que Lin Yao fut accueillie dans celle de son oncle et de maître Fujisan. *La Belle espérance* mit ensuite le cap sur la Chine, les voiles gonflées par des vents impétueux.

Apercevant sa nièce accoudée à la rambarde, maître Chow s'approcha afin de voir si elle se sentait bien.

– Aurais-tu le mal de mer, Lin Yao ?

– Pas du tout, oncle Huan. J'étais perdue dans mes pensées, tout simplement.

– Tu t'inquiètes pour ceux qui ont été frappés par ce sortilège ?

– Oui. Je me demande si nous y arriverons à temps pour les délivrer. Je ne voudrais surtout pas paraître insensible à leur sort, mais ce serait un véritable déshonneur pour notre village de ne pas assister aux Jeux de l'empereur…

– C'est pourquoi nous allons tout faire pour les libérer à temps.

– Mais si on n'y parvient pas ? insista la jeune fille.

Maître Chow ne sut quoi répondre sur le coup. Il se sentait incapable de faire une promesse qu'il ne pourrait pas tenir. Lin Yao le comprit aussitôt en notant son hésitation. Elle n'insista pas davantage et détourna son regard, attirée par des marins qui grimpaient sur les gréements et d'autres qui tiraient avec force sur les cordages. Soudain, ses yeux brillèrent d'un rayon d'espoir. Elle s'écria brusquement :

– Et si tes amis acceptaient de représenter notre village en attendant de trouver le moyen de conjurer ce mauvais sort ? Qu'en penses-tu, oncle Huan ? Les hommes de la mer sont réputés forts et courageux…

– Tu n'es pas sérieuse, Lin Yao ! répondit maître Chow, qui venait d'être rejoint par son confrère et Flix.

– Mais si, mon oncle ! Et toi aussi, tu pourrais y participer avec eux. Tout le monde, au village, dit que tu étais le meilleur au *chuiwan**. Tu es le seul du village à avoir remporté cette épreuve jusqu'à maintenant.

Maître Chow parut quelque peu mal à l'aise devant ses amis. Il ne s'était jamais étendu sur son passé et sur sa passion pour le *chuiwan*, un jeu d'adresse bien connu en Chine. Il était d'autant plus gêné que sa nièce lui demandait de revenir sur sa décision de ne plus participer aux Jeux de l'empereur.

– Vous nous aviez caché que vous étiez aussi doué dans les disciplines physiques, souligna maître Fujisan, amusé par le tour que prenait la discussion. Et quelle est la règle de cet exercice que vous pratiquiez en véritable maître, si l'on en croit votre nièce ?

– Oh ! eh bien… le *chuiwan* consiste à envoyer une balle dans un petit trou au moyen d'un jeu de cannes. Les extrémités de chacune de ces cannes sont de différentes tailles afin de frapper la balle plus ou moins fort, selon la distance qui nous sépare du trou…

– Et de quelle façon gagne-t-on ? voulut savoir Flix, tout aussi intéressé que maître Fujisan.

---

* Le chuiwan, qui se pratiquait déjà en Chine il y a plus de 1 000 ans, serait une variante du golf. Une description précise de ce jeu aurait été trouvée dans un ouvrage datant de la dynastie Song. Le chuiwan, signifiant littéralement « frapper la balle », se jouait avec une dizaine de cannes différentes.

– C'est très simple. Le vainqueur est celui qui rentre la balle en l'ayant frappée le moins de fois possible.

– Mon oncle Huan a remporté les épreuves de *chuiwan* cinq fois de suite, soit à chacune de ses participations! s'empressa de rappeler Lin Yao, convaincue qu'il n'aurait jamais révélé ses prouesses.

– Eh bien, vous êtes incontestablement le meilleur dans cette discipline, se réjouit Flix, visiblement très impressionné.

– Je pourrais en dire autant à votre sujet pour la natation! ne manqua pas de souligner maître Chow, désireux de se soustraire à tant d'attention.

– AH, OUI?! s'exclama Lin Yao en attrapant la remarque au vol. Dans ce cas, monsieur Flix, pourquoi ne viendriez-vous pas également à Beijing pour participer aux Jeux de l'empereur?

– Je ne sais pas si…

– Je vous en prie, monsieur Flix! insista l'adolescente. Et toi aussi, oncle Huan. Accepte de revenir sur ta décision! Le conseil du village serait très honoré que vous représentiez notre village à mes côtés, j'en suis sûre. Je vous en supplie! Ce n'est pas mon père qui vous le demande, c'est moi…

Maître Chow réfléchit. Il hésitait de toute évidence. Les souvenirs de tous les Jeux auxquels il avait participé affluaient dans son esprit. Le défi était tentant, surtout face à la demande touchante de sa nièce. Un sourire s'épanouit sur son visage, même s'il imaginait déjà l'air satisfait de son frère en apprenant qu'il avait finalement cédé. Il expliqua :

– Entendu, Lin Yao. Si nous n'arrivons pas à libérer les habitants de Tianshan avant l'ouverture des Jeux de l'empereur, je suis disposé à y participer avec toi… à condition que monsieur Flix et maître Fujisan se joignent à nous !

– Plaît-il ? fit le savant japonais en toussotant de surprise. Écoutez, cher ami, si vous croyez que je suis doué pour ces Jeux, vous vous trompez. Toutefois, puisque vous me proposez si aimablement de vous accompagner, je veux bien guider l'aérostat. Ce sera déjà une grande responsabilité d'assurer le voyage aller et retour…

– Bien, comme vous voudrez ! déclara le savant chinois. Et vous, mon jeune ami ? Puis-je compter sur votre participation à ces Jeux ? Je suis persuadé que vous ferez grande impression à l'épreuve de natation.

Le second du capitaine hésita encore, puis il se décida, sous le regard insistant de Lin Yao :

– Bon, j'accepte.

– OH, MERCI ! s'écria soudain Lin Yao en se jetant tour à tour dans les bras de son oncle et de Flix. Il ne nous reste plus qu'à trouver les autres participants maintenant…

– PARDON ? s'étouffa presque maître Chow.

– Mais oui, mon oncle ! Si nous voulons avoir une chance de remporter le Prix de l'empereur, nous devons nous inscrire au plus grand nombre de disciplines possible.

– Je ne l'ai pas oublié, Lin Yao, mais je te trouve bien ambitieuse, tout à coup ! Trois participants, en te comptant, c'est déjà bien, je pense.

– Et à quoi ressemble ce prix ? s'enquit Mumbai en se hâtant de descendre par les haubans.

– Il peut s'agir d'étoffes, d'éventails, de statuettes ou de coupes en bronze, confia la nièce de maître Chow avec vigueur, mais cette année, on dit que l'empereur Rensong* offrira l'un de ses plus beaux joyaux pour souligner les premiers Jeux de son règne…

– Mais encore ?

– C'est un œuf, incrusté de jade, d'après ce que je sais. On raconte aussi qu'il aurait été, autrefois, pondu par un dragon !

– Hum… cet objet doit être assez gros et de grande

---

* Jiaqing (1760-1820), Rensong de son nom de règne, fut empereur de Chine de 1796 à 1820, à la suite de l'abdication de son père, l'empereur Qianlong.

valeur, alors! susurra le matelot en touchant le pont.

– Là je vous arrête, Mumbai! avertit maître Chow. Soyez certain que si nous remportons ce joyau, il sera pour les habitants de Tianshan!

– Ah, bon? Dans ce cas, si on ne peut pas le garder, ce n'est pas très intéressant, se renfrogna Mumbai.

– Vous pourrez toujours garder le prix de l'épreuve que vous remporterez, rappela Lin Yao, désireuse de garder la flamme qu'elle avait vue briller chez ce marin.

– Encore faut-il que je gagne! Non, je préfère passer mon tour, finalement…

– Combien de participants faudrait-il? demanda Flix, désireux d'aider ces villageois.

– Six ou sept, tout au plus, réfléchit Lin Yao à haute voix. Les Jeux de l'empereur comportent dix épreuves. Si nous en remportons six, nous serons certains d'obtenir le prix. Si nous n'obtenons pas ces six victoires, tout dépendra du résultat des autres participants. Nous pourrions très bien remporter le joyau avec deux victoires, mais il faudrait que les autres équipes ne gagnent qu'une seule épreuve…

Sur ces explications, Flix se tourna vers maître Fujisan:

– Combien de personnes peuvent monter à bord de votre aérostat?

– Notre nacelle a été conçue pour six passagers ! Nous pourrions certes nous serrer un peu pour accueillir un ou deux voyageurs de plus, mais vu la distance à parcourir jusqu'à Beijing, je le déconseille fortement.

– Et si nous remplacions la nacelle par une chaloupe ? proposa maître Chow.

– Une chaloupe ? Hum… eh bien… oui, ce serait tout à fait envisageable, en ajustant les attaches… L'enveloppe de l'aérostat est suffisamment volumineuse pour supporter le poids de dix, voire douze passagers, en fonction de l'équipement nécessaire pour un tel voyage…

– Dans ce cas, conclut Flix, il ne nous reste plus qu'à compléter l'équipe qui se rendra à Beijing pour participer à ces Jeux.

Accompagné de son petit comité, le second se rendit auprès du capitaine et sollicita la tenue d'une assemblée avec l'équipage. Une fois tout le monde réuni sur le pont, maître Chow expliqua brièvement la situation et invita sa nièce à énumérer la liste de toutes les disciplines présentées aux Jeux de Pékin. Il laissa ensuite ses amis décider.

Un long silence s'installa. Visiblement, personne parmi l'équipage ne semblait disposé à participer à ces Jeux. Les marins étaient d'autant moins enthousiastes que cela impliquait de voyager à bord d'un appareil volant. Plusieurs craignaient de disparaître dans les airs et de ne plus jamais redescendre. Pour une fois, Porouc, l'éternel pessimiste, n'était pas le seul à redouter le pire ! En cas de danger sur un navire, il était toujours possible d'embarquer dans une chaloupe ou de se jeter à la mer ; mais suspendu dans les airs, c'était une autre affaire ! Qui pouvait garantir qu'une fois là-haut, ils ne se trouveraient pas à la merci de créatures mystérieuses dissimulées dans les nuages ? Après tout, les fonds marins regorgeaient de monstres, pourquoi n'y en aurait-il pas dans toute l'étendue du ciel ? L'attaque du dragon ailé et cracheur de feu était encore bien présente dans leur esprit…

– Voyons, messieurs, un peu de courage ! jeta le capitaine Kutter, surpris par le manque d'entrain de ses hommes. Des gaillards comme vous, dans la force de l'âge…

« MOI, MOI ! cria la Tête de mort du haut de son pavillon noir. Je suis très douée pour le lancer du crâne ! »

– MOI ! JE SUIS PRÊT À RELEVER CE DÉFI ! lança fougueusement Tafa, le jeune mousse d'origine égyptienne, en croisant le regard velouté de la nièce de maître Chow.

– Voyons, petit, tu n'es pas sérieux! lui reprocha le chef Piloti en faisant frémir sa grosse moustache. J'ai besoin de toi dans ma coquerie. Puis, peux-tu me dire dans quelle épreuve tu compterais t'inscrire?

– À la course à pied! Je suis très rapide, vous savez… Au Caire, je courais souvent avec mes amis et, chaque fois, je les distançais de plusieurs longueurs…

– Contre tes jeunes camarades, peut-être, mais là c'est différent, continua le chef Piloti, peu désireux de laisser son aide-cuisinier partir ainsi.

– Navré, mais je courais même contre des plus âgés que moi, et personne ne m'a jamais battu… Je sais de quoi je suis capable, et je suis prêt à le prouver!

Le chef Piloti s'apprêtait encore à répliquer avec plus d'autorité, mais Flix s'interposa:

– Si Tafa accepte de relever ce défi, personne n'a le droit de l'en empêcher.

– D'accord, mais comment je vais m'arranger pour m'occuper des repas de tout un équipage si Tafa n'est pas là?

– Je pourrais t'aider, moi…

– AH NON, POROUC, PAS TOI! s'emporta le chef Piloti. Enfin, combien de fois dois-je répéter que je ne veux personne dans ma coquerie en dehors du petit et moi ?! Tafa est le seul sur ce navire à pouvoir aspirer à un brillant avenir de chef cuisinier…

– Pourquoi te plains-tu, alors ? jeta Le Bolloch, en riant à moitié.

L'imposant cuisinier italien sembla mal à l'aise tout à coup. Il se résigna finalement, d'un air bougon :

– Bon d'accord, si mon aide-cuisinier souhaite participer à ces Jeux, je ne le retiendrai pas. Je m'arrangerai en attendant son retour. Voilà, vous êtes contents ?

– Bien parlé ! se réjouit le second du capitaine. Notez Tafa dans votre registre, monsieur Ostrogoff. Bon, qui d'autre ?!

– Moi, j'aurais une question sur l'épreuve de tir à l'arc, intervint Corsarez. Quand tu dis en mouvement, Lin Yao, qu'entends-tu exactement par là ?

La nièce de maître Chow répondit rapidement :

– Les participants doivent monter à cheval et tirer sur une série de cibles, au galop.

– Hum, je vois… En fait, je me défends assez bien au tir à l'arc. J'ai participé à quelques concours au Mexique. Je sais également monter à cheval, car j'accompagnais souvent mon père pour guider les taureaux. Toutefois, tirer à l'arc sur un cheval au galop, c'est une autre affaire…

– Eh bien, voilà l'occasion de nous montrer ce dont tu es capable! lança Flix en donnant une tape sur l'épaule de son ami. Qu'en dis-tu, Émilio?

– Bon, puisque tu n'es pas encore prêt à te passer de moi, Ian, j'accepte.

– Merveilleux! approuva fièrement Flix avant de se tourner vers le commandant. Justement, capitaine, à propos de chevaux, il me semble vous avoir déjà entendu dire que vous saviez monter?

Le commandant de *La Belle espérance* se mit à rire de bon cœur.

– Plus jeune, j'étais effectivement bon cavalier. Mais en m'engageant dans la marine, je n'ai guère eu le temps de me consacrer à ce passe-temps, même si chaque fois que je rentrais à terre, je ne ratais pas une occasion d'enfourcher mon cheval. Cette passion, je la tiens de ma mère. Son père possédait un important haras en Écosse.

– Vous pourriez donc participer à l'épreuve de course à cheval?! poussa Flix, un sourcil levé.

– À vrai dire, je ne sais pas si j'en serais encore capable, confia le capitaine en touchant ses jambes immobilisées dans sa chaise roulante…

Un bref silence s'installa, aussitôt coupé par Flix.

– Oh, en vous attachant correctement au cheval pour que vous ne perdiez pas l'équilibre, je suis certain que vous serez capable de distancer le vent !

Le capitaine Kutter parut très tenté soudainement. Il réalisait encore une fois que son handicap n'était pas considéré par ses hommes comme un obstacle insurmontable. Les deux savants avaient déjà grandement facilité ses déplacements à bord, en aménageant des rampes d'accès et des monte-charges. Aussi, en entendant cette nouvelle preuve de confiance et de respect à son égard, il se sentit tout à coup épanoui dans son propre corps. Toutefois, il émit une réserve quant à l'invitation de son second :

– Et le navire ? Qui le commandera ?

– Monsieur Le Bolloch pourra fort bien s'acquitter de cette fonction ! suggéra Flix.

– Qui, moi ? s'étouffa presque le maître-voilier.

– Absolument. Qu'en pensez-vous, capitaine ? Si vous acceptez, bien entendu, de venir avec nous à Beijing…

– J'avoue que la tentation est grande, et pour ce qui est de confier le commandement de *La Belle espérance* à monsieur Le Bolloch, je n'y vois aucune objection, connaissant son charisme. Mais c'est à l'équipage d'en décider aussi…

Les clameurs d'approbation suffirent à exprimer l'avis des hommes, mais au même moment, le capitaine Kutter croisa le regard de son fidèle compagnon Bristol. Recouvert d'un large bandage au torse, il se tenait près du docteur Rogombo et de Tétrapoulos, avec son attelle au bras.

— Et Bristol ? Je ne peux pas l'obliger à m'accompagner après ses graves brûlures au dos…

— Je vous porterai, capitaine ! proposa aussitôt le géant blond Gravenson, de son fort accent scandinave.

— Voilà qui est fort judicieux, s'enthousiasma maître Chow. Monsieur Gravenson pourrait ainsi profiter de sa venue pour participer à l'épreuve de lutte. Un solide gaillard comme lui aura toutes les chances de réussir… Qu'en pensez-vous, cher ami ?

— Eh bien, j'accepte également de relever ce défi ! jeta fièrement l'homme aux lourdes tresses.

— Merveilleux ! se réjouit Flix avant de poursuivre. Bon, qui d'autre se propose ?

« MOI, MOI ! » cria une nouvelle fois la Tête de mort.

— Allons, messieurs, un petit effort ! Il n'y en a pas un ou deux de plus qui seraient tentés ?

« Par tous les os de mon crâne, ils ne m'entendent pas, on dirait ! ragea la Tête de mort. Ou bien ils font semblant… Si c'est le cas, eh bien, ce n'est pas juste !

Moi aussi, je fais partie de l'équipage… J'EXIGE DONC D'ÊTRE ENTENDUE AU MÊME TITRE QUE LES AUTRES, EST-CE QUE C'EST CLAIR?! C'est bien simple, si on refuse ma candidature, je déposerai une réclamation au comité organisateur des Jeux!»

Personne d'autre ne se proposa. En comptant le capitaine, le greffier russe de *La Belle espérance* avait noté sept participants.

8
L'aérostat

Ian Flix et tous les autres participants descendirent dans les cales avec les deux savants afin de découvrir le fameux aérostat qui allait les transporter dans les airs jusqu'à Beijing.

– Voici l'appareillage au complet, montra fièrement maître Fujisan… La nacelle en osier renforcée par une légère armure de fer, l'enveloppe en soie imperméabilisée et le filet… Approchez, regardez! Ici, vous avez l'échelle de corde, et là-bas, entreposés dans le coin, se trouvent les trois ancres et les sacs de sable pour le lest… Vous voyez, le tout est en parfait état, comme au premier jour de sa fabrication…

– Je constate que vous avez pris grand soin de cette merveilleuse invention des frères Montgolfier.

– Vous êtes bien aimable de le souligner, maître Chow.

– Mais dites-moi, cher confrère, avec quelle matière l'enveloppe de l'aérostat a-t-elle été imperméabilisée ?

– Avec un vernis à base de caoutchouc. C'est le même matériau que celui utilisé par Jacques Charles lorsqu'il a réalisé le premier vol habité, en 1783. Il s'était lancé dans la compétition avec les frères Montgolfier justement.

– Et comment comptez-vous le gonfler, cet aérostat ? Avec de l'air chaud ?

– Eh bien, nous pourrions procéder de cette manière, mais vu la distance à parcourir jusqu'à Beijing, nous n'aurons jamais assez de paille et de menu bois pour chauffer le volume d'air nécessaire à ce voyage. Non… je suggère plutôt l'hydrogène…

– De l'hydrogène ? s'étonna maître Chow en lissant ses longues moustaches blanches. J'ai déjà lu des articles à propos de ce gaz, découvert par Cavendish, je crois.

– Absolument, confirma le savant japonais. Jacques Charles s'est d'ailleurs inspiré de ses travaux pour son aérostat. L'hydrogène est un meilleur agent ascensionnel, car il a l'avantage d'être quatorze fois et demie plus léger que l'air.

– Certes, cher ami, mais j'y vois tout de même un risque pour nous. L'hydrogène est un gaz inflammable… Et si, par malheur, il venait à entrer en contact avec une source de chaleur, l'aérostat pourrait très vite s'embraser…

– Je vous l'accorde, maître Chow. Cela dit, si l'on prend toutes les précautions d'usage, il n'y a pas de raison qu'un tel malheur arrive. Je ne tiens pas à ce que nous connaissions le tragique sort de Pilâtre de Rozier et Romain…

– Que leur est-il arrivé ? demanda Flix en fronçant les sourcils.

Maître Fujisan sembla regretter sa dernière référence et se sentit bien obligé de répondre :

– Eh bien, ces deux hommes avaient fait construire un aérostat mixte, à air chaud et à gaz, pour leur traversée depuis la France jusqu'en Angleterre, en 1785. Cependant, au moment de survoler la Manche, le vent les a subitement déportés vers les terres, à l'est. Ne pouvant plus prendre la direction de l'Angleterre, ni varier librement leur position verticale pour choisir le rhumb convenable, ils ont donc été contraints de descendre en abaissant le foyer. Mais la manœuvre a été trop rapide, semble-t-il, ce qui les a fait brusquement remonter, entraînant alors une distension de l'enveloppe… Face à l'urgence de la situation, le seul moyen de redescendre consistait à ouvrir la soupape pour évacuer progressivement l'hydrogène, ce qu'ils ont fait bien évidemment, mais par un étrange hasard, cette soupape, une fois ouverte, est restée coincée…

– Et le gaz s'est échappé plus qu'il ne fallait, anticipa maître Chow, effaré.

– Exactement, cher ami. Du coup, l'appareil a soudainement chuté en laissant une traînée de gaz noirâtre. Comble de malheur, au même moment, le foyer s'est ranimé sous l'effet du souffle de la descente rapide, et des étincelles ont fini par atteindre la colonne de gaz qui jaillissait par la soupape… Je vous laisse imaginer la suite…

Maître Fujisan accrocha le regard de ses auditeurs.

– Vous voulez dire que l'aérostat s'est embrasé? intervint Lin Yao.

– Malheureusement, oui. Il a poursuivi ainsi sa chute sur cinq mille pieds avant de s'écraser sur le sol.

Un silence de consternation s'installa tout à coup.

– Et les deux occupants? demanda Corsarez, désireux d'entendre de vive voix ce qu'ils supposaient tous.

– En tombant de si haut, ils n'avaient aucune chance! Les nombreux témoins ont bien tenté de les secourir, mais il était déjà trop tard. Pilâtre de Rozier est mort avant même d'avoir touché le sol. Il aurait apparemment suffoqué durant la chute. Par contre, son compagnon de voyage était toujours en vie au moment de l'impact. Son cœur battait encore, mais il n'a pas survécu. Je vous épargnerai les détails horribles de son agonie, surtout en présence de votre nièce, maître Chow...

– Ce ne sera pas nécessaire, effectivement. Mais comment en savez-vous autant, maître Fujisan?

– J'étais l'un des témoins, avoua le savant japonais devant ses amis, consternés. J'ai également lu le rapport d'enquête... Pilâtre de Rozier était mon ami...

– Oh, vous m'en voyez navré, maître Fujisan! compatit le savant chinois, ému de découvrir cette portion douloureuse de la vie de son confrère. Cela a dû vous faire tout un choc d'assister à cette tragédie!

– Oui, ce fut terrible. Je crois bien que je ne pourrai jamais oublier cette expérience. Mais ne vous alarmez pas, mes amis! s'excusa presque maître Fujisan, un dynamisme forcé dans la voix tout à coup. En ce qui nous concerne, soyez certains que je prendrai toutes les mesures pour éviter un tel drame!

– Et comment produirez-vous l'hydrogène dont nous aurons besoin? demanda doucement maître Chow, soucieux d'éloigner les pénibles souvenirs de son homologue.

– En versant de l'acide vitriolique* sur de la limaille de fer, expliqua le savant japonais avant de tendre la main. Dans cette caisse, il y en a suffisamment pour produire une grande quantité d'hydrogène. Nous en emporterons également avec nous sur la chaloupe pour assurer le voyage de retour.

– Je vois que vous avez déjà songé à tout, mon cher confrère.

– Je vous remercie, maître Chow, mais pour mener à bien cette expédition dans le délai requis, il va falloir nous atteler au travail dès maintenant. Nous aurons besoin de quatre à cinq jours pour remplir convenablement l'enveloppe d'hydrogène.

Les deux savants invitèrent aussitôt leurs amis à déplacer l'appareillage et tout l'équipement nécessaire jusqu'au monte-charge. Seule la nacelle en osier resta dans la cale. Une fois sur le pont, maître Fujisan s'occupa de gonfler l'aérostat, tandis que maître Chow supervisait la disposition des attaches et l'aménagement de la chaloupe.

Lin Yao suivit les premières étapes avec une certaine admiration, mais elle fut vite lassée par la durée de la manœuvre. Désœuvrée, elle se promena un moment sur le pont avant de décider de faire quelques exercices

* Aujourd'hui communément appelé acide sulfurique.

d'acrobatie. Un navire était, somme toute, l'endroit l'idéal pour sauter, grimper et se suspendre dans les cordages. Elle déposa son chapeau conique en paille sur un tonneau, présentant fièrement son visage au soleil, puis elle commença une séance d'étirement. Elle étendit ensuite les bras au-dessus de la tête puis partit dans un salto arrière, sous le regard stupéfait du jeune Tafa, qui venait de sortir de la coquerie. En le voyant soudain qui l'observait, Lin Yao lui sourit le plus naturellement du monde. Le cœur du garçon se gonfla alors d'un bonheur rare avant de brusquement s'emballer sous le reproche du chef Piloti qui le somma d'arrêter de rêvasser et de revenir l'aider dans la cuisine. Malgré sa gêne, l'adolescent lâcha un dernier sourire vers la nièce de maître Chow avant de retourner à ses occupations. Tout à coup songeuse, Lin Yao resta quelques secondes encore près de la coquerie, puis elle décida de poursuivre son entraînement. Plusieurs hommes d'équipage s'arrêtaient par moments pour l'observer. Ils étaient très impressionnés par ses prouesses et sa grande souplesse, se disant même qu'elle ferait un excellent marin, grimpée sur les haubans.

Encouragé par ces performances, Corsarez décida de se préparer lui aussi aux Jeux de l'empereur. Avec l'aide de Tischler, l'habile maître-charpentier, il se fabriqua un arc et quelques flèches, puis il descendit dans le compartiment aux animaux pour s'exercer dans la plus grande discrétion. Il n'avait aucune envie d'être vu sur le pont supérieur par ses compagnons qui se laissaient facilement emporter dans les plaisanteries en tout genre. Il préféra largement la présence du placide Antonin et des bêtes dont ce dernier avait la garde.

Après quelques essais sur une cible fixée au fond du compartiment, Corsarez retrouva vite la forme. Il était heureux de constater que sa légère blessure au bras n'avait plus d'incidence. À chaque tir, il ajustait la corde de son arc afin de lui donner la tension voulue. Il retrouvait avec délices ce plaisir si souvent éprouvé au Mexique, dans l'hacienda de ses parents.

– Il est très habile, admira Margarete, la vache laitière prussienne, en s'adressant à ses compagnons d'enclos.

– C'est indéniable, ma chère, reconnut la chèvre. Il a vraiment belle allure avec cet arc. Ce Corsarez est un beau mâle pour son espèce...

– Voyons, Sésame, pour les humains on ne dit pas un beau mâle, mais un bel homme! corrigea sentencieusement Topaze, le cochon autrichien.

– Bah, ce n'est pas important, du moment qu'il est à notre goût! Pas vrai, Margarete?

– Je suis entièrement d'accord...

La vache et la chèvre partirent aussitôt à rire dans une connivence toute féminine.

– Oh, mais taisez-vous, toutes les deux! les rabroua Antonin, avec son accent chantant. Vous allez déconcentrer notre archer…

– Il n'y a pas de mal, assura Corsarez. C'est même mieux ainsi. Durant les Jeux, entre les cris, les applaudissements et les mouvements de foule, le bruit sera bien plus fort, crois-moi. Je dois m'y préparer. En fait, ce qui m'inquiète le plus, c'est d'atteindre les cibles en plein galop…

– *Ô bonne mer!* s'exclama encore Antonin, en plaquant sa large main sur sa joue. Mais comment feras-tu pour tenir les rênes et tirer en même temps avec ton arc?

– Mes cuisses et mes pieds devront se charger de cet équilibre et guideront le cheval. Le problème, c'est que d'ici là, je n'aurai pas la possibilité de m'exercer…

Sésame se mit à bêler plusieurs fois avec une jubilation étonnante :

– Et si tu lui servais de monture, Margarete?

– PARDON!? Tu n'y penses pas, voyons! s'offusqua la vache prussienne. Me prendrais-tu pour une jument?

– Bien sûr que non, mais en dehors de toi, je ne vois

pas qui de nous pourrait servir de monture. Il n'y a rien d'humiliant là-dedans, je t'assure, Margarete. Le beau Corsarez a certainement besoin qu'on lui donne un coup de patte pour se préparer à ces Jeux.

La vache hésita. Elle craignait d'être la risée de ses compagnons d'enclos. Finalement, se tournant vers ses amis, elle confia :

– J'accepte. Mais pas de moqueries, attention !

– Je te le promets, affirma Sésame la première, suivie du cochon autrichien et des poules qui caquetèrent d'un plaisir anticipé. Corsarez trouva l'idée farfelue de prime abord, mais il se laissa convaincre à son tour. Antonin et lui dégagèrent la cargaison située sur la partie tribord du navire afin d'y aménager un passage en ligne droite allant de la poupe à la proue. Ils fermèrent ensuite tous les sabords du même côté et dessinèrent une cible sur chacun d'eux. Le gardien sortit enfin sa vache de l'enclos et l'amena jusqu'à Corsarez, le cœur fier mais angoissé.

– Bien, allons-y, avant que je change d'avis ! s'impatienta Margarete.

– Voilà, voilà, je monte.

Les deux insolites partenaires se mirent en position sous les regards attentifs des animaux et d'Antonin, qui agitait ses mains en tous sens.

– Tu es prête, Margarete ? questionna Corsarez en affermissant ses cuisses contre les flancs larges de la vache et en engageant une flèche dans son arc.

– Oui !

– On s'entend bien, tu te rends jusqu'à la dernière cible ! Tu ne t'arrêtes pas avant !

La vache meugla pour approuver et prit une profonde inspiration en fixant son objectif.

– Attention… YAAAAAAHH ! cria soudain Corsarez, les muscles tendus.

La vache ne bougea pas d'un sabot.

– Mais pourquoi tu n'es pas partie ? J'ai dit : « Yaaaaahh ! » lui reprocha son cavalier.

– QUOI ? « YAAAAAAHH ! » signifiait le départ ?

– Oui, c'est ce qu'on dit pour faire avancer un cheval…

– COMMENT VOULAIS-TU QUE JE LE SACHE, ENFIN ?! Je ne suis pas un cheval, au cas où tu ne l'aurais pas encore remarqué !

– Désolé, Margarete, s'excusa Corsarez avec un léger sourire en coin. C'était involontaire… Après tout, c'est la première fois que je monte à cheval sur une vache !

– C'est bon, je te pardonne pour cette fois… Donc, quand tu diras : « Yaah », je m'élance ?

– Tout à fait, Margarete, mais n'oublie pas, tu te rends jusqu'à la dernière cible, sans t'arrêter.

– Oui, oui, j'ai compris…

– Attention… YAAAHHH!

Cette fois, Margarete partit comme un cheval sous les cris d'encouragement de ses compagnons d'enclos. Au premier sabord, Corsarez expédia sa flèche, qui toucha la cible, mais sur le côté. Il se dépêcha d'en extraire une autre de son carquois et la positionna. Il eut à peine le temps de viser que la seconde cible était déjà devant lui. Il fit pourtant mouche, sous les acclamations des animaux et du gardien, qui jeta un tonitruant «*Ô bonne mer*, il a réussi!» Au sabord suivant, il toucha aussi le cœur de la cible, et il se préparait pour la quatrième quand, soudain, la vache glissa sur le plancher et s'écroula lourdement en faisant basculer son cavalier sur le côté.

– Oh, je suis vraiment navrée! s'excusa aussitôt Margarete en se relevant péniblement. Tu n'as rien de cassé, au moins?

– Non… non, tout va bien! Ce n'était qu'une petite chute, la rassura Corsarez. Je reconnais que les conditions ne sont pas idéales sur un navire, mais on va finir par y arriver, fidèle destrier!

– Moi, j'ai trouvé ce premier essai assez concluant, avoua Sésame.

– Je suis aussi de cet avis, intervint soudain Castorpille en se frayant une place. J'ai entendu vos acclamations du pont, et j'ai voulu voir ce qui vous amusait tant... Et, à ce que je vois, on ne s'ennuie pas ici...

– Il faut bien que notre ami s'entraîne pour les Jeux, répondit Topaze, le cochon. Il lui reste moins de deux semaines !

Loin d'être découragé, Corsarez remonta sur la vache laitière et, ensemble, ils continuèrent à s'exercer. Progressivement, ils s'habituèrent aux conditions du parcours et finirent par améliorer leurs performances. Ils s'arrêtèrent au bout d'une heure, visiblement satisfaits pour un premier entraînement. Épuisée, la vache laitière revint vers ses amis en soufflant :

– Eh bien, mes aïeux, si je n'ai pas perdu de poids après tous ces efforts, je renonce à continuer mon régime...

– Voyons, Margarete, pourquoi te soucies-tu autant de ta silhouette ? l'arrêta Castorpille. Moi, je te trouve très bien ainsi ! Après tout, tu es une vache... et les vaches sont faites pour être grosses... Enfin, je voulais dire bien enveloppées... comme toi, quoi.

Un lourd silence s'installa parmi les bêtes, qui se demandaient soudain comment la vache prussienne allait interpréter ces propos. Regardant tour à tour ses amis, Margarete répondit finalement :

– Tu as bien raison, Castorpille ! Pourquoi devrais-je absolument chercher à changer d'apparence ? Je suis une vache bien en chair, et prussienne en plus... produisant un lait de grande qualité reconnu de tous... Je n'ai donc pas à rougir de mes rondeurs ! Au contraire, je dois en être fière !

Sur ces paroles, de nouvelles acclamations résonnèrent dans le compartiment des animaux, vite suivies d'un commentaire amusé de la chèvre :

– En attendant, Margarete, je trouve que tu avais belle allure en jument !

Les éclats de rire envahirent cette fois les lieux. Même la vache prussienne se laissa joyeusement emporter.

9

La traversée
en ballon

Quatre jours s'étaient écoulés lorsque *La Belle espérance* approcha des côtes du nord de la Chine. Les deux savants avaient mis à profit ces précieuses journées pour gonfler l'aérostat d'hydrogène et amarrer la chaloupe transformée en nacelle. Un large filet avait été placé par-dessus l'enveloppe afin de retenir l'aérostat au gréement. Maître Chow avait même poussé l'audace jusqu'à amarrer le canot du réparateur sous la nacelle afin de le transporter jusqu'à Pékin. De cette façon, Victor ne serait pas contraint de revenir sur le navire pour récupérer son canot, propriété de la compagnie *Rhum-Atisme*.

Tous les passagers étaient fin prêts à embarquer. Les vivres, les instruments de navigation et l'équipement nécessaire se trouvaient déjà à bord de la nacelle. Il valait mieux que *La Belle espérance* ne s'attarde pas trop longtemps près des côtes, au risque de croiser un navire hostile. Sur ce, le capitaine Kutter fixa aussitôt le lieu du rendez-vous pour le retour, puis il se laissa hisser avec le monte-charge afin de s'installer dans la chaloupe, à l'endroit habituel réservé pour sa chaise roulante. Les autres montèrent à sa suite. Castorpille était également du voyage, à titre de mascotte. Flix l'installa confortablement sur une couverture, posée à ses pieds.

Au signal, on libéra les extrémités du filet, puis maître Fujisan lâcha du lest en évacuant le sable des sacs en fibre de chanvre qui avaient été fixés sur la nacelle. L'aérostat quitta le sol et se laissa guider par les hommes positionnés sur le pont afin d'éviter un accrochage avec les vergues du navire. Les voiles avaient été carguées pour que la chaloupe ne les déchire pas dans son ascension. À la hauteur du grand mât, Le Bolloch, promu capitaine pour la durée des Jeux de Pékin, donna finalement l'ordre à ses hommes de tout lâcher.

L'appareil prit rapidement de l'altitude sous les yeux attentifs des marins restés à bord de *La Belle espérance* lorsque Porouc, les deux mains à plat sur sa tête, s'écria :

– QUELLE HORREUR, ON NOUS A VOLÉ NOTRE PAVILLON !

– Qu'est-ce que tu racontes ? l'arrêta Le Bolloch. Ce n'est pas possible, voyons !

– Mais si, regardez tous, et vous verrez que je dis vrai !

– Sacrebleu ! Quel est le rustre qui a osé amener nos couleurs sans mon ordre ? s'insurgea Le Bolloch, rouge de colère. Écoutez, les gars, vous n'allez quand même pas me rendre la vie difficile parce que je suis devenu votre capitaine ?!

– ATTENDEZ ! cria Broton, sa longue-vue dirigée vers l'aérostat. Un pavillon a été hissé sur l'appareil volant de maître Fujisan… Oui, c'est bien le nôtre ! Je le vois distinctement.

– Pourquoi ne m'ont-ils pas prévenu ? bougonna le nouveau commandant, visiblement mécontent.

– Le malheur risque de s'abattre sur nous sans notre drapeau, se lamenta Porouc en plaçant le dos de sa main à plat sur son front.

– Mais non, nous allons en hisser un autre en attendant, voilà tout ! assura Le Bolloch en levant les yeux au ciel devant les manières toujours exaspérantes du pessimiste matelot.

Pendant ce temps, sur l'aérostat, la Tête de mort fugueuse essayait tant bien que mal de lutter contre le vent afin de nouer l'autre extrémité de son pavillon noir autour d'une corde du filet recouvrant l'enveloppe.

« Ouf, voilà, c'est fait. Quels beaux nœuds marins ! Je suis fière de moi… Je vais pouvoir me reposer un peu, maintenant… Ce ne fut pas une mince affaire de m'agripper à cet appareil volant après m'être détachée du grand mât sans être vue ! Maître Fujisan et les autres ne croyaient tout de même pas partir sans moi !? Moi qui rêve de contempler la terre vue du ciel… L'occasion était trop belle… Je suis tout excitée de pouvoir visiter la Chine ! J'en ai des frissons dans tous mes os, ou du moins, dans ceux qu'il me reste… »

Maître Fujisan parvint à stabiliser l'aérostat à cinq mille pieds, puis il laissa le vent les pousser vers les terres. La vue depuis la nacelle était époustouflante. Tous étaient émerveillés par le paysage spectaculaire qui s'offrait à eux : le flot des vagues s'avançant vers le rivage, la côte entaillée et modelée par l'érosion, et au loin, les vastes vallées verdoyantes de la Chine qui s'étendaient à perte de vue. On pouvait également distinguer les nombreux villages qui longeaient le littoral et les bateaux de pêche échoués sur le sable.

– Tout semble bien aller, cher confrère, nota maître Chow, à la fois mélancolique et émerveillé de revoir son pays de cette façon.

– Ma foi, oui, et je m'en réjouis. L'important était d'arriver à varier notre position verticale pour choisir le rhumb convenable. Grâce au ciel, nous y sommes parvenus assez rapidement. La force du vent est bonne, comme je l'espérais.

– Quand arriverons-nous à Pékin, selon vous ? voulut savoir Flix.

– Si les vents se maintiennent ainsi, nous devrions atteindre notre destination d'ici cinq ou six heures !

– Seulement ? reprit Flix, agréablement surpris.

– Absolument ! C'est l'avantage non négligeable de cet appareil extraordinaire… Par les voies terrestres, il nous aurait fallu plusieurs jours pour atteindre Beijing.

– On n'arrête pas le progrès, s'enthousiasma le second du capitaine en renouant son catogan rouge derrière la nuque.

– Comme vous le dites, poursuivit maître Chow, et les progrès futurs n'auront pas fini de nous surprendre dans ce domaine, croyez-moi.

– Et que pourrait-on inventer de plus rapide qu'un aérostat ? intervint Corsarez, qui semblait juger la chose impossible.

– Je ne saurais vous le dire aujourd'hui, confia maître Fujisan tout en jetant un œil sur ses instruments de navigation, mais l'être humain cherche toujours à se surpasser… Je suis convaincu qu'on trouvera d'autres moyens, plus rapides encore, pour se rendre d'un point de la terre à un autre. Les performances actuelles des navires en sont un bon exemple. Ceux que nous construisons aujourd'hui ne sont-ils pas plus performants qu'autrefois?

– Ils atteignent facilement les douze à quatorze nœuds dans les meilleures conditions! confirma le capitaine Kutter, depuis la poupe où il était confortablement installé sur sa chaise roulante.

– Et ceci est valable pour les transports terrestres, enchaîna maître Chow en laissant flotter ses deux longues moustaches blanches dans le vent. Un jour, nous réussirons sans doute à dépasser la vitesse des chevaux les plus rapides.

– Le pensez-vous vraiment? s'étonna le capitaine, grand amateur de chevaux.

– Tout à fait, capitaine. Depuis quelques années, certains ingénieurs s'emploient à concevoir des machines à vapeur pour permettre le déplacement de personnes et de biens d'un lieu à un autre.

– Je confirme ces dires, enchaîna maître Fujisan.

Un Anglais du nom de William Murdock serait parvenu à construire un modèle réduit à vapeur roulant à une vitesse de douze kilomètres à l'heure. Ce n'est pas encore très rapide, mais ce n'est qu'une question de temps. Il ne serait pas étonnant de voir apparaître d'ici peu l'un de ces véhicules à roues pour y transporter réellement des personnes, croyez-moi.

– Mais on veut bien vous croire, assura Flix en échangeant un regard d'étonnement avec son ami Corsarez. En tant que savants, vous devez sans doute pressentir certaines…

Une forte rafale déporta brusquement l'aérostat, interrompant aussitôt la discussion. Debout sur la chaloupe, maître Fujisan perdit soudain l'équilibre.

– ATTENTION ! hurla Flix en se précipitant au moment même où le savant basculait par-dessus la nacelle.

– IL EST TOMBÉ DANS LE VIDE ! s'alarma maître Chow, sans avoir eu le temps de réagir.

– Non, je le retiens par le bras ! grimaça Flix sous l'effort. Venez m'aider, je ne tiendrai pas longtemps !

Corsarez ceintura prestement son ami pour l'empêcher d'être entraîné par le poids du savant, tandis que Gravenson arrivait à la rescousse.

– Tendez-moi votre autre bras, maître Fujisan, vite ! lança l'imposant Scandinave.

– J'essaie, mais je n'y arrive pas… Je sens que je vais lâcher…

– Je vous en prie, maître Fujisan ! insista Flix, la mâchoire crispée par la douleur. Je suis sûr que vous le pouvez !

L'éminent savant tenta encore de relever son bras vers la nacelle, mais le poids de son corps le tirait irrémédiablement vers le bas. Ses *zoris* glissèrent à ce moment de ses pieds et tombèrent dans le vide, tel un avertissement.

Dans une nouvelle manœuvre, Gravenson enjamba Flix et attrapa à son tour maître Fujisan par le même bras. Ils tirèrent ensemble de toutes leurs forces, mais la prise n'étant pas suffisamment bonne, ils ne parvinrent pas à remonter le savant, qui sentait cette fois sa chute toute proche.

Le buste penché par-dessus bord, Flix remarqua alors la petite barque amarrée sous la chaloupe.

– Écoutez-moi bien, maître Fujisan ! À hauteur de vos pieds, vous devriez sentir le rebord du canot de Victor… Servez-vous-en comme appui… Vous pourrez tendre plus facilement l'autre bras ensuite…

Paniqué, mais conscient de l'urgence d'agir, le

savant agita ses jambes pour toucher le rebord de l'embarcation.

– Je n'y arrive pas non plus, lâcha-t-il de désespoir, jusqu'à l'intervention soudaine du capitaine, qui cria depuis la poupe :

– VICTOR ! PRENEZ L'ÉCHELLE DE CORDE, SUR LE FLANC TRIBORD, ET FAITES-LA PASSER À BÂBORD !

– Mais oui, c'est une bonne idée ! acquiesça maître Chow, avant de voir le dénommé Victor se pencher vivement pour dégager l'échelle de son attache et la dérouler par-dessus la chaloupe jusqu'à bâbord, puis la faire glisser tout près du savant.

Cette fois, maître Fujisan attrapa prestement l'échelle en fibres de chanvre. Il y posa un pied, puis l'autre, pour finalement forcer sur ses jambes et se laisser tirer par ses amis. Il se retrouva bientôt dans la nacelle, au plus grand soulagement de tous.

Sous le choc, personne ne dit mot durant un moment. Le temps de reprendre ses esprits et ses couleurs, le savant haleta :

– Merci, mes amis… Je vous dois la vie…

– Vous ne pensiez tout de même pas que nous allions vous laisser partir ainsi ! jeta le capitaine, tout en essayant de détendre l'atmosphère. Comment aurions-nous fait pour manœuvrer cet appareil volant jusqu'à Pékin sans vous ?

– Oh, maître Chow s'en serait très bien acquitté, j'en suis sûr !

– Détrompez-vous, cher ami, coupa le savant chinois. Je n'en aurais rien fait, croyez-moi. Je me serais plutôt jeté dans le vide pour aller vous chercher et vous obliger à remonter par n'importe quel moyen. Car, sur cette nacelle, c'est vous le maître à bord !

De légers sourires éclairèrent enfin les visages. Le pire avait été évité, mais de justesse.

« Si j'étais à la place de maître Fujisan, commenta la Tête de mort, encore sous le choc, je m'attacherais par la taille… Bon, c'est vrai, je n'ai plus de bassin depuis longtemps, mais vous me comprenez… Je m'inquiète surtout pour lui… Il pourrait encore basculer et ne pas être secouru à temps cette fois ! L'idéal serait qu'il soit retenu à une corde élastique… En cas de nouvelle chute, il pourrait ainsi remonter directement dans la nacelle. En utilisant les propriétés du caoutchouc, ce serait tout à fait possible à mon avis… Eh oui, je suis aussi savante, à mes heures ! Je crois que je vais suggérer cette invention aux deux savants, dès notre retour sur

La Belle espérance! Le saut à l'élastique pourrait même devenir un passe-temps sensationnel… J'en mettrais ma main au… »

La Tête de mort se reprit juste à temps, les orbites agrandies d'effroi.

« Et puis, non, je ne mettrais rien au feu! Les flammes ont déjà failli me réduire en cendres récemment… Je déteste le feu! De toute façon, je n'aurais rien à y jeter! Mes os sont en rupture de stock depuis longtemps… »

Maître Fujisan enfila de nouvelles *zoris*, presque identiques, se réjouissant d'avoir songé à se munir d'une paire supplémentaire. Il reprit ensuite la lecture de l'instrument de mesure d'altitude. Notant que l'appareil avait subi une ascension de plusieurs centaines de pieds durant l'incident, il se releva pour actionner la soupape afin de libérer un peu d'hydrogène. L'aérostat redescendit progressivement jusqu'à atteindre le rhumb convenable. Le savant put alors reprendre sa place sous les regards bienveillants de ses amis, qui ne l'avaient pas quitté des yeux un seul instant. Il se laissa finalement tenter par une tasse de thé, généreusement proposée par son confrère, tout en profitant à nouveau de la beauté des paysages.

***

Confortablement assis à la poupe, le capitaine Kutter demeurait fasciné de naviguer à bord d'un aérostat. Admirant l'immense structure qui s'élevait juste au-dessus de leur tête, il s'étonna soudain de voir leur pavillon flotter librement dans les airs.

– Par ma barbe rousse! Qui s'est permis d'afficher nos couleurs sur cet appareil volant? C'est vous, maître Fujisan?

L'éminent savant nia farouchement et se désintéressa de l'affaire bien vite, laissant le capitaine pester encore :

– Je ne sais pas qui a eu cette idée stupide, mais elle pourrait nous coûter la vie! Si on nous repère avec ce pavillon noir, on pourrait nous tirer dessus comme sur de vulgaires volatiles… Nous devons ôter ces couleurs sur-le-champ!

«HO! HO! j'ai un mauvais pressentiment tout d'un coup», s'inquiéta la Tête de mort.

– Mais comment allons-nous faire pour descendre le drapeau? s'interrogea Tafa, le jeune mousse égyptien, qui s'était arrangé pour s'asseoir juste à côté de la nièce de maître Chow.

– Laissez-moi aller le chercher! s'empressa de demander Lin Yao, sans remarquer le tressaillement de son voisin face à sa proposition.

– JE NE SUIS PAS D'ACCORD ! fulmina maître Chow.

– J'en suis capable, tu sais, oncle Huan ! Je suis très douée en acrobaties… Je pourrais facilement grimper là-haut.

– Peut-être bien, Lin Yao, mais je m'y oppose ! Je ne tiens pas à risquer ta vie. Tu es sous ma responsabilité…

« Pff ! de toute façon, je suis certaine qu'elle ne réussirait pas à grimper jusqu'à moi ! chercha à se rassurer la Tête de mort du haut de sa position, libre comme le vent. Il n'est pas encore né, celui qui parviendra à me déloger de là, je vous l'dis, moi ! »

– Et si on m'attache à la taille ? Vous pourrez ainsi me rattraper en cas de chute… Je t'en prie, oncle Huan, fais-moi confiance ! Je suis légère et agile. Je suis la seule à pouvoir y arriver… Et puis, le capitaine Kutter l'a dit, il en va de notre vie à tous, si nous ne détachons pas ce drapeau…

Le savant chinois hésita, puis se rangea de mauvaise grâce à l'avis général. Flix passa donc une corde à la taille de Lin Yao. Le courage exemplaire de la jeune fille suscita l'admiration de tous ses compagnons de voyage, qui la regardèrent grimper avec une facilité déconcertante.

«Je n'en crois pas mes orbites! s'inquiéta cette fois la Tête de mort. Cette gamine est vraiment déterminée! Et ma liberté d'évasion, qu'en fait-elle?»

En quelques mouvements souples et précis, Lin Yao se hissa jusqu'au pavillon. Elle positionna ensuite ses jambes autour de la corde pour libérer ses deux mains, puis elle commença la délicate manœuvre.

«Alors là, tu peux toujours essayer, ma petite! Jamais tu ne pourras défaire ces nœuds de marin, je te le garantis!»

Particulièrement adroite de ses dix doigts, Lin Yao parvint toutefois à dénouer l'une des extrémités du drapeau.

«MAIS ELLE EST FOLLE! Si elle me détache, je risque d'être emportée par le vent… DE GRÂCE, NOOON!»

L'adolescente était sur le point de défaire le deuxième nœud du pavillon, qui flottait déjà dangereusement au vent, retenu par une seule extrémité.

«Voilà, je suis perdue! Je n'aurai même pas eu la chance d'admirer la Grande Muraille… Adieu, Chine éternelle! Je ne… hmm… hmm…»

Lin Yao venait de glisser le drapeau dans son vêtement, étouffant instantanément les commentaires de la malheureuse Tête de mort.

Elle annonça peu après :

– J'AI RÉUSSI !

– TRÈS BIEN ! lui répondit son oncle, toujours aussi inquiet. ALLEZ, REDESCENDS MAINTENANT !

Le savant ne se sentit rassuré qu'une fois les deux pieds de sa nièce posés dans la nacelle.

Flix et les autres la félicitèrent aussitôt pour son acte de bravoure, ce qui ne laissa pas maître Chow indifférent, très fier soudainement. Tafa était tout aussi impressionné et se demandait comment une fille avait pu être capable d'une telle prouesse. Jusque-là, il avait toujours cru que seuls les garçons savaient se montrer courageux face au danger. Il dut reconnaître qu'il s'était trompé et l'avoua à Lin Yao quand elle revint s'asseoir à côté de lui, une fois le drapeau remis au capitaine Kutter.

10
Beijïng

Après un voyage de plus de cinq heures au-dessus de la Chine, Ian Flix et ses amis arrivèrent à Pékin sous les regards stupéfaits des habitants, qui suivirent l'aérostat jusqu'à son atterrissage. Très vite alertés, les gardes de la ville accoururent à la rencontre de ces mystérieux visiteurs du ciel, mais maître Chow s'empressa de les rassurer avant même que la nacelle ne touche le sol. Il leur expliqua les raisons de leur venue, à coups de grands gestes, répétant plusieurs fois ses mots pour mettre l'accent sur leurs intentions pacifiques.

Rassurée de voir au moins deux de ses compatriotes à bord, la foule s'approcha rapidement pour admirer cet étrange appareil, obligeant les gardes à établir un périmètre de sécurité.

Une fois son canot libéré de ses attaches, Victor engagea un transporteur pour le reconduire jusqu'au comptoir de la compagnie *Rhum-Atisme*. Il ne manqua pas de remercier vivement ses amis pour ce voyage inoubliable, promettant de venir les encourager aux Jeux de l'empereur. Après quoi il partit avec sa barque, posée sur une carriole tirée par deux imposants buffles.

Maître Chow exposa ensuite à ses compagnons le programme de leur séjour :

– Pour commencer, nous irons au comptoir des inscriptions. Nous aurons ensuite tout le temps nécessaire pour aller à Tianshan et nous enquérir de la situation avant le début des Jeux.

Devant l'approbation générale, le savant chinois se tourna alors vers le chef des gardes, qui voulait en savoir plus, et lui confia leur itinéraire. Plutôt méfiant, l'homme exigea de les conduire au comptoir des inscriptions avec son escorte, ce que personne ne contesta. Castorpille, elle, préféra attendre leur retour dans la nacelle, craignant de parler par mégarde et d'effrayer la population. Maître Fujisan choisit également de rester auprès de son appareil pour effectuer quelques réglages et surveiller l'équipement, sous la protection des gardes laissés en faction.

Maître Chow et ses amis se retrouvèrent donc dans les rues de Pékin, étroitement suivis par une foule curieuse et amusée. Lin Yao commenta tout naturellement les différentes animations de la ville, aux côtés de Tafa. Son oncle marchait devant en compagnie du capitaine, poussé par Gravenson, tandis que Flix et Corsarez se tenaient à l'arrière. Tous profitaient allègrement de la visite guidée au milieu des commerçants et des artisans qui négociaient bruyamment leurs marchandises exposées devant les bâtisses, le tout sous la supervision de fonctionnaires qui contrôlaient studieusement le prix de chaque vente. Les éventaires présentaient une grande variété de produits : fruits, légumes, riz, farine, œufs, volailles, poissons et remèdes de toutes sortes, mais aussi des étoffes aux couleurs vives, de la vaisselle en bois laqué ou en terre cuite, joliment ornée de motifs, des vases en bronze et même des amulettes censées protéger contre les mauvais esprits. Des paysans vendaient pareillement leurs récoltes et leurs bêtes d'élevage. Les uns guidaient leurs chameaux chargés de marchandises, les autres tiraient leurs carrioles en s'arrêtant au passage d'une litière portée par des serviteurs. Des écrivains publics proposaient également leurs services au milieu du vacarme. Il y avait aussi des emplacements réservés aux acrobates, danseurs et musiciens qui amusaient les enfants et leurs parents au rythme des flûtes, des cithares et des roulements de tambour. Chaque rue traversée montrait le caractère vivant et joyeux des habitants de Pékin.

L'imposant convoi étroitement escorté longea le centre-ville en passant tout près de la Cité interdite, où vivaient l'empereur et sa cour. Il descendit ensuite dans le quartier des nobles et des hauts fonctionnaires, avant de s'arrêter devant une grande porte fortifiée. L'un des serviteurs du domaine ne tarda pas à ouvrir. Il s'informa aussitôt auprès des visiteurs et les laissa entrer avec joie.

Satisfait, le chef des gardes fit disperser les derniers badauds, puis il repartit avec ses hommes.

Maître Chow et ses amis traversèrent tout d'abord une cour entourée d'un épais mur d'enceinte. Ils y croisèrent deux hommes âgés, assis sur un banc, puis un plus jeune, à cheval, qui s'apprêtait à quitter la propriété. Ils se laissèrent ensuite conduire jusqu'à une vaste cour. Là, nobles et serviteurs s'arrêtèrent un instant pour les observer avant de reprendre leurs occupations, les uns sortant par une autre porte du mur intérieur donnant sur la basse-cour, les autres entrant dans le bâtiment réservé aux membres de la famille du haut fonctionnaire. Enfin, ils arrivèrent devant une grande bâtisse érigée sur deux niveaux. Les deux gardes de l'entrée, armés de lances, les escortèrent alors jusqu'à la salle de réception avant de retourner prestement à leur poste.

– Je vais annoncer votre venue à mon maître, expliqua le serviteur, si vous voulez bien m'attendre ici…

Le propriétaire de la maison arriva peu après, vêtu de sa traditionnelle tunique de fonctionnaire finement brodée avec l'insigne indiquant son rang. Il portait également un long collier de perles en ivoire et un chapeau mandchou noir surmonté d'une pointe en jade.

– Maître Chow! s'exclama-t-il tout à coup, les deux bras grands ouverts. Quelle belle surprise! Si je m'attendais à vous voir aujourd'hui…

– Votre accueil me touche, maître Yong.

– J'étais l'un de vos plus grands admirateurs, vous savez! Votre nom était souvent cité au palais… Vos nombreuses victoires au *chuiwan* furent si éclatantes que plusieurs se demandaient s'ils avaient fait le bon choix en devenant fonctionnaires. Beaucoup ont cherché à suivre vos traces, mais aucun n'est arrivé à vous égaler…

Le visage de maître Chow rayonnait d'une jeunesse retrouvée. L'homme semblait intarissable sur ses exploits passés. Il ajouta avec un sourire fort chaleureux:

– Aussi, quand mon serviteur m'a annoncé votre visite, j'ai été agréablement surpris. Vous souhaitez donc réellement participer aux Jeux de l'empereur?

– Oui, c'est exact, maître Yong.

– Merveilleux! Je me réjouis d'avance de pouvoir vous admirer de nouveau...

Sans plus attendre, le haut fonctionnaire fit signe à son administrateur de prendre des notes sur le livre d'inscriptions, tout en s'informant:

– Et quelle communauté représenterez-vous?

– Tianshan, mon village natal... Là où vit ma nièce Lin Yao, que voici.

– Bien sûr, bien sûr, Tianshan, comment l'oublier! s'écria le haut fonctionnaire avant de se rappeler soudainement. Attendez un peu, Tianshan, ce n'est pas aussi le nom de ce village qui a été attaqué par des inconnus tout récemment?!

– Oui, à notre plus grand regret.

– Ah, quelle terrible affaire! J'en ai entendu parler à la cour, mais je n'avais pas fait le rapprochement avec votre village, connu pour ses nombreux prix gagnés aux Jeux de l'empereur.

Le cœur de Lin Yao se serra au souvenir de cet événement traumatisant. Son oncle la prit par la main et continua, l'œil vif:

– Pour ne rien vous cacher, maître Yong, mes compagnons et moi, nous sommes surtout venus pour mettre la main sur les hommes responsables de ce crime odieux !

– Je comprends votre réaction, cher ami, mais je vous déconseillerais d'agir sans l'accord des autorités. Le magistrat responsable de cette enquête usera de toute son autorité pour retrouver ces criminels et les soumettre à la justice, soyez-en certains !

– Je n'en doute pas, maître Yong, mais ces hommes sont redoutables, croyez-moi. Ils détiennent un livre aux pouvoirs immenses.

Le haut fonctionnaire tiqua sous l'information, puis reprit sur un ton qui se voulait rassurant :

– Ne vous tourmentez pas pour cela, cher ami. Nous disposons aussi de grands moyens.

– Je vous l'accorde, maître Yong, mais avec un tel livre, ces brigands seraient capables de décimer une armée entière.

– À ce point ? s'inquiéta de nouveau le haut fonctionnaire en pénétrant le regard brun du savant.

– Absolument, et il est de notre devoir de reprendre ce livre afin qu'ils ne commettent plus de tels crimes. Bien entendu, nous ne manquerons pas de lier nos actions avec celles du magistrat dans le respect des lois de notre pays. Selon nous, ces hommes ont l'intention de participer aux Jeux de l'empereur… Pourquoi ? Nous l'ignorons encore !

– Écoutez, puisque vous êtes prêts à vous tenir à la disposition de la justice pour résoudre cette affaire, je ne vois pas de raison de refuser votre demande. Les Jeux de l'empereur débuteront dans une semaine. Vous avez donc encore le temps de vous y préparer… Si vous voulez bien donner le nom de tous vos participants et les épreuves choisies, mon administrateur en prendra note !

Les deux hommes partagèrent un regard de sympathie, puis l'administrateur du haut fonctionnaire remplit les inscriptions, au grand soulagement de Lin Yao, ravie de voir que tout se passait bien jusque-là.

***

De retour sur les lieux de leur atterrissage, Ian Flix et ses amis découvrirent maître Fujisan en pleine discussion avec un noble chinois, fort désireux d'acquérir l'un de ces appareils volants. L'homme s'était aussi proposé d'accueillir le savant japonais et tous ses compagnons dans sa grande demeure, le temps de leur séjour.

La nouvelle de la présence de ces voyageurs venus du ciel se répandit dans toute la ville comme une vague déferlante. Comme on pouvait s'y attendre, elle parvint même aux oreilles des brigands qui avaient attaqué le village de Lin Yao et pétrifié plusieurs habitants. Sentant une menace à la concrétisation de leur dessein, ces hommes sans scrupules se réunirent en secret dans une masure en torchis et couverte d'un toit de roseau.

– D'où viennent-ils ? L'as-tu appris ? demanda leur chef, coiffé d'un tricorne noir crasseux, en plantant férocement son sabre sur une petite table basse en bois.

– Tout comme nous, ils sont marins, capitaine, rapporta l'homme interrogé. Ils sont arrivés à bord d'un appareil volant.

– Des marins à bord d'un appareil volant ? Hum… étrange !

– Et leur commandant est Anglais. Il se déplace sur une sorte de chaise munie de roues.

– Et combien sont-ils ?

– Pas plus de cinq ou six, capitaine. Il y a aussi deux savants. L'un est Japonais, mais l'autre est Chinois, originaire de Tianshan…

– Hum… le nom du village que nous avons attaqué, justement ! De plus en plus étrange, marmonna le chef en grattant une vieille et laide cicatrice juste sous l'œil droit.

– Ils se sont tous inscrits aux Jeux, même ce capitaine assis sur ce tas de bois roulant! souligna le marin avec un large sourire montrant des dents noircies.

– Eh bien, avec de tels participants, nous n'avons aucune raison de nous alarmer! N'est-ce pas, messieurs?

Tous les hommes approuvèrent d'un rire gras, sauf un, au physique frêle et à la peau racornie par les années.

– Nous devrions tout de même nous méfier, confia celui-ci.

– Voyons, sorcier, que redoutes-tu?

– Oh, je suis sûr que nous parviendrons à remporter ce prix, mais ne sous-estimons pas la présence de ces marins venus à bord d'un appareil volant. Je suggère d'en apprendre plus sur eux afin de prendre des mesures radicales, si nécessaire…

– Tu as raison, sorcier. On n'est jamais trop prudent. Nous n'allons pas risquer de perdre ce trésor. Si ce que tu nous as affirmé est vrai, cela va de soi!

– Faites-moi confiance, capitaine. Le parchemin décrit parfaitement l'objet. Il s'agit bien du trophée en forme d'œuf mis en jeu par l'empereur… Une fois en notre possession, ce joyau nous permettra d'accéder au trésor caché par le dernier empereur de la dynastie Ming.

– Et tu es certain de savoir comment l'ouvrir, ce joyau ?

– Absolument, capitaine. Le parchemin explique en détail toutes les étapes d'ouverture de cet œuf, en bois laqué et incrusté de jade. Les coordonnées de l'emplacement du trésor sont gravées à l'intérieur. Nous y trouverons aussi une clé en forme de disque, représentant un dragon, tout en or… C'est la clé qui nous donnera accès à ces richesses…

– Mais comment peux-tu être certain que cette clé est encore dans l'œuf ?

– Grâce à son poids, tout simplement.

– Je ne comprends pas, sorcier, explique-toi !

L'homme biscornu afficha un rictus qui accentua la froideur de son œil sans vie. Il expliqua de sa voix rocailleuse :

– Le parchemin précise aussi la masse de cet œuf et de son contenu. J'ai pu comparer les chiffres avec les archives des biens du palais. Le poids est exactement le même, à l'once près !

– Ce joyau serait donc resté tout ce temps dans la Cité interdite, sans que l'empereur ou sa cour connaisse son secret !?

– Tout porte à le croire, capitaine. Et bientôt, ce trésor auquel il donne accès nous appartiendra ! Ajouté aux fabuleux pouvoirs du grimoire déjà en notre possession, il nous rendra riches…

– À NOUS GLOIRE ET RICHESSES ! jeta tout haut le capitaine en récupérant son sabre et en le pointant en l'air.

Tous les hommes réunis y allèrent d'un nouveau cri de joie. Impatients d'arriver à leurs fins, ils dressèrent aussitôt un plan pour écarter leurs rivaux.

11

Les jeux de l'empereur

Soucieux de constater par lui-même les effets du sortilège sur les habitants de son village, maître Chow se rendit avec ses amis, dès le lendemain matin, jusqu'au canal reliant Pékin aux régions du sud. De là, ils négocièrent avec l'un des bateliers le prix d'un transport pour Tianshan, situé à moins de vingt kilomètres. Le capitaine Kutter préféra rester chez leur hôte avec Gravenson et maître Fujisan, tout comme Castorpille, qui s'était vite laissée tenter par les nombreux mets mis à sa disposition.

La Chine possédait depuis plusieurs siècles un important réseau de canaux, dont le Grand Canal, qui permettait de ravitailler le nord du pays en blé. Prolongé au XIIIᵉ siècle par les Mongols, il finit par rejoindre Pékin avant d'être élargi par les empereurs Ming pour un approvisionnement plus rapide. Des écluses plus perfectionnées avaient remplacé, depuis, les anciennes qui obligeaient à soulever la proue des bateaux à l'aide de treuils, pour les faire basculer d'un niveau à l'autre sur des rondins inclinés. Le nouveau système imaginé par les ingénieurs chinois était muni de portes, installées de chaque côté*, pour remplir et vider les écluses, facilitant ainsi le passage des embarcations.

À leur arrivée à Tianshan, maître Chow et ses amis ne purent cacher leur émotion en constatant avec effroi le sort subi par certains villageois, pétrifiés sur place par les pouvoirs d'un mystérieux grimoire. Ils partagèrent longuement le chagrin et la désolation des habitants qui n'avaient rien pu faire pour empêcher ce malheur. Leur venue apporta toutefois un grand réconfort et une immense joie aux villageois, surtout lorsqu'ils apprirent que le savant et ses amis allaient défendre leurs couleurs aux Jeux de l'empereur. Ce

---

* Ce système d'écluses conçu en Chine au Xᵉ siècle était si efficace qu'il fut adopté par les Européens dès la fin du XIVᵉ siècle. Il fonctionne selon le même principe que les écluses encore utilisées de nos jours.

regain d'enthousiasme insuffla à Flix et à Corsarez une force supplémentaire pour qu'ils donnent le meilleur d'eux-mêmes. Maître Chow, lui, s'était déjà fait le serment de rendre à ses compatriotes la fierté qui leur avait été volée. Quant à Tafa, la seule vue des yeux noirs et pétillants de Lin Yao lui aurait fait parcourir la Grande Muraille aller-retour.

Maître Chow invita toutefois son frère cadet et sa communauté à s'armer de patience, le temps de voir les effets du sortilège disparaître après quarante jours. Lui et ses amis retournèrent ensuite à Beijing.

Très vite, une grande partie de la population se prit d'affection pour ces visiteurs venus du ciel dans le but d'aider les habitants d'un petit village voisin. Cette popularité n'arrangea pas les affaires du groupe de brigands décidé à remporter le trophée de l'empereur par n'importe quel moyen. Ils se trouvèrent brusquement les mains liées dans leur dessein d'écarter leurs adversaires avant l'ouverture des Jeux. Toutes tentatives de leur part risquaient d'amener la population à se révolter en cherchant les coupables. Pire encore, elles pouvaient obliger les organisateurs à tout annuler pour des raisons de sécurité. Sans ce joyau étroitement surveillé dans l'enceinte de la Cité interdite, il leur était impossible de connaître l'emplacement du trésor tant convoité. Inutile de chercher à le voler, en raison de l'important contingent de gardes impériaux, même en se servant des pouvoirs du grimoire. Ils n'avaient donc pas d'autre choix que d'attendre la tenue de ces Jeux pour user discrètement de leur force secrète et s'assurer ainsi la victoire.

***

L'ouverture des Jeux débuta par un long défilé de musiciens, de danseurs et d'acrobates qui traversa la ville au milieu d'une foule innombrable venue de plusieurs régions de la Chine. Des banderoles représentant le dragon impérial à cinq griffes, symbole favorable de puissance et de pouvoir, flottaient partout. Les différentes délégations étrangères présentes à Pékin furent également invitées à la cérémonie. Toutes les rues et les habitations étaient décorées pour l'occasion. Le défilé et les diverses prestations d'ouverture durèrent toute la matinée et furent suivis d'un immense banquet. Tous les gens avaient le cœur à la fête, jeunes et vieillards, riches et pauvres.

En début d'après-midi, les organisateurs lancèrent les premières compétitions qui devaient avoir lieu dans plusieurs quartiers de Pékin afin de répartir équitablement les spectateurs. Sur les cinq épreuves annoncées, trois engagèrent l'équipe de maître Chow : Gravenson au concours de lutte, Corsarez pour le tir à l'arc et le jeune Égyptien Tafa qui se présenta, un peu nerveux, à la course à pied.

Au signal du cor, le coup d'envoi fut lancé de part et d'autre de la ville.

Gravenson se jeta aussitôt sur son adversaire, encouragé par le tonitruant capitaine Kutter et le plus discret, mais non moins supporteur, maître Fujisan. Au même moment, sur les pistes voisines, s'affrontaient les autres participants de l'épreuve de lutte. Le concours avait à peine commencé qu'un juge annonça déjà un premier qualifié pour le tour suivant, devant les cris et les acclamations de ses partisans.

Maître Chow assistait à l'épreuve de tir à l'arc dans laquelle figurait Corsarez. Il était en compagnie de Victor, le réparateur, venu encourager ses amis comme promis.

De son côté, Tafa s'était lui aussi élancé sous les encouragements de Lin Yao et de Flix. Très vite, le jeune Égyptien se plaça dans le groupe de tête. Tous les participants devaient emprunter un circuit balisé sur plusieurs kilomètres et qui s'étendait jusqu'à l'extérieur de la ville. Placés le long du parcours, des juges veillaient au respect des règles. Le tricheur pris en flagrant délit se voyait automatiquement disqualifié. Cela ne découragea pas pour autant le chef des brigands et sa bande. Ne pouvant demander à leur protégé de tricher sous peine d'exclusion, ils élaborèrent un plan machiavélique pour l'aider à gagner. Grimoire en main, le sorcier attendit dans les bois le moment favorable. Bientôt, un coureur, parti seul devant, approcha de sa position. Les deux juges, en aval et en amont, étaient trop éloignés pour le voir agir. Tenant son vieux livre pointé vers le sol, il prononça enfin sa redoutable formule. En un instant, le grimoire s'ouvrit en dégageant une forte lumière, provoquant aussitôt une faille terrestre qui s'agrandit rapidement en direction de la piste et coupa net la trajectoire du coureur qui ne put réagir à temps pour sauter l'obstacle. L'homme bascula dans le précipice, mais parvint tout de même à se retenir au bord dans un réflexe de survie. Son plus proche adversaire arriva peu après et le dépassa sans chercher à le secourir.

En voyant son compagnon sauter par-dessus la faille et prendre la tête, le sorcier afficha un affreux rictus de satisfaction. Il n'en perdit pas moins sa concentration pour réserver le même sort au coureur suivant qui était déjà en vue.

En troisième position, Tafa aperçut assez tôt l'un des deux coureurs de tête qui tentait de sortir d'un trou. Pensant à un obstacle de parcours, le jeune Égyptien accéléra pour assurer son saut. Il n'était cependant pas arrivé à la hauteur de l'homme en difficulté qu'un éclat de lumière provenant du bois attira son attention. Le temps de tourner la tête, il vit le sol s'ouvrir et dessiner une fissure sinueuse dans sa direction. Entraîné par son élan, il effectua une longue enjambée au-dessus de l'effroyable précipice. Son pied d'appui se posa à quelques centimètres seulement du bord.

Tout en continuant, Tafa se rappela soudain les avertissements de maître Chow et comprit qu'on avait tenté de l'éliminer. Guère perturbé par cette attaque, il franchit facilement la crevasse suivante, puis il s'arrêta pour aider le malheureux concurrent à remonter sur la terre ferme. Le jeune garçon reprit ensuite sa course en deuxième position, sans même attendre de remerciements, déterminé à rattraper le coureur de tête sur les derniers kilomètres.

De sa cachette, le sorcier pesta en silence devant l'échec de sa seconde tentative. Il espéra néanmoins que son compagnon ait une avance suffisante pour remporter l'épreuve. Il rejoignit finalement les deux serviteurs, qui l'attendaient à l'écart sur un autre sentier, et se laissa transporter en litière jusqu'à la ville.

La victoire à l'arraché de Tafa provoqua aussitôt des cris de joie et de chaleureux applaudissements de la part de Lin Yao et de Flix tout autant que de la foule amassée près de la ligne d'arrivée.

– Voilà toute une performance! le félicita Flix, tout en tenant Castorpille dans ses bras.

– Merci, se contenta de répondre Tafa en reprenant son souffle, les mains sur ses genoux.

Profitant de sa posture penchée, Castorpille se permit alors de lui adresser un discret clin d'œil en guise de félicitations, ce qui lui évita encore de parler au milieu de tout ce monde.

– J'imagine déjà la fierté du chef Piloti quand tu lui annonceras ta brillante victoire, continua Flix tout en caressant le doux pelage du castor femelle, visiblement comblé.

Lin Yao, les joues roses de plaisir, tendit alors une cruche d'eau fraîche au jeune coureur avant de se dresser sur la pointe des pieds pour lui déposer un tendre baiser sur la joue. Tafa but une longue gorgée, le regard plongé dans les yeux noirs de Lin Yao qui ne se déroba pas. Enfin, quelque peu gêné, il relata son incident de parcours :

– Il s'en est tout de même fallu de peu. J'ai bien

cru ma dernière heure arrivée en voyant cette faille apparaître brusquement.

– De quoi parles-tu ? s'inquiéta soudain Flix.

Le jeune Égyptien expliqua alors comment il avait échappé de justesse à la mort. Il montra du doigt le malheureux coureur, à peine arrivé, qui avait eu moins de chance que lui, présentant des marques d'écorchures aux jambes et aux bras à la suite de sa chute. L'homme en question s'approcha d'ailleurs en le voyant et le remercia encore vivement par l'intermédiaire de Lin Yao, qui traduisit ses paroles.

Le fonctionnaire responsable de l'épreuve appela peu après le vainqueur pour lui remettre son prix, un médaillon de jade orné d'un dragon à cinq griffes, emblème de l'empereur.

***

Après ce premier succès, Tafa et ses amis s'en allèrent encourager Corsarez au tir à l'arc qui, contrairement à l'épreuve de course à pied, se déroulait sur plusieurs tours éliminatoires. À peine étaient-ils arrivés que maître Chow et Victor s'empressèrent de leur apprendre que leur archer avait fait preuve de beaucoup d'adresse face à ses adversaires. Classé troisième à la première manche, mais premier à la seconde, il s'apprêtait maintenant à repartir une dernière fois à cheval et à défier les trois autres concurrents qui, comme lui, étaient parvenus à se rendre en finale.

Deux participants venaient de terminer leur parcours lorsque Corsarez reçut le signal du départ. Extrêmement concentré, il planta sa première flèche au centre de la cible sous les applaudissements de la foule. La seconde se plaça juste à l'extérieur du cercle central, mais Corsarez resta impassible. Sur son cheval au galop, il traversa toute la piste en exécutant chaque fois le même mouvement. Flix et ses amis retinrent alors leur souffle en voyant la dernière flèche filer comme l'éclair pour mordre la cible de la fin du parcours. D'angoisse, maître Chow tira même sur ses longues moustaches et grimaça de douleur, sous le regard amusé de Castorpille, qui fit aussitôt semblant de rien en se trouvant prise en flagrant délit par le savant.

L'annonce des résultats arriva, vite accompagnée des vivats du public. Les points marqués par Corsarez dépassaient ceux des concurrents précédents, mais il fallait encore attendre le passage du dernier archer. Au signal, l'homme s'élança enfin devant un silence général. Toutes ses flèches atteignirent leur cible, mais il fut difficile de dire, au premier abord, si sa performance était supérieure ou inférieure à celle des autres.

– Vous pensez que Corsarez a gagné, maître Chow ? demanda Flix, en piétinant d'impatience.

– Je ne sais pas, mon bon ami… Les flèches de l'un comme de l'autre sont si proches du centre de la cible… J'ai bien peur qu'il nous faille attendre les résultats du dernier concurrent.

Durant l'attente quasi insoutenable, maître Chow évita soigneusement de tirer sur ses moustaches, tout en observant d'un œil torve le castor au comportement moqueur. Enfin, l'annonce du juge tomba, provoquant un brouhaha épouvantable dans la foule.

– IL A GAGNÉ ! s'écria maître Chow en tirant de plus belle sur ses moustaches, oubliant tout à coup ses résolutions.

– MAIS QUI A GAGNÉ ? s'époumona Flix en se rapprochant, dérangé par le bruit de la foule en liesse.

– EH BIEN, CORSAREZ, VOYONS ! DE QUI POURRAIS-JE BIEN PARLER, SELON VOUS ? s'étonna le savant chinois, comme s'il énonçait une évidence.

Cette fois, Flix laissa enfin exploser sa joie, les bras levés et les poings serrés. Un énorme cri sortit de sa gorge, puis il enlaça fortement ses amis tout en tenant

Castorpille. Le sentiment de bonheur du camp de Corsarez était plein et intense.

***

Pendant ce temps, Gravenson, soutenu par le capitaine Kutter et maître Fujisan, avait éliminé ses deux premiers adversaires, mais il devait encore en affronter trois autres pour l'emporter. En cas de victoire sur leur prochain concurrent, les lutteurs restants bénéficieraient d'une période de repos avant de participer aux deux phases finales prévues le lendemain matin.

Au signal du juge, l'imposant Scandinave et son adversaire, de même stature, s'affrontèrent dans une lutte acharnée. La fatigue commençait à se faire sentir, mais les deux hommes étaient visiblement déterminés. Pourtant, dans un moment d'inattention, Gravenson se laissa surprendre et se retrouva violemment plaqué au sol. Fort heureusement, il se ressaisit très vite et esquiva l'attaque foudroyante du farouche lutteur qui tenta de le sortir de la piste pour le disqualifier.

Bouillonnant de plaisir sur sa chaise roulante, le capitaine Kutter se tourna vers maître Fujisan :

– Quelle parade remarquable, ne trouvez-vous pas ?

– Absolument, capitaine. Je savais Gravenson très fort, mais j'émettais des réserves face à des lutteurs aussi expérimentés. J'avoue être agréablement surpris par ses performances…

– Oh, regardez! s'exclama tout à coup le capitaine, emporté par son enthousiasme. Il va sortir son adversaire… OUI! ALLEZ, GRAVENSON!

Profitant d'une bonne prise, le marin aux courtes tresses blondes se laissa tomber de tout son poids en arrière et entraîna l'autre lutteur sur le sol avant de le pousser à l'extérieur. Le capitaine Kutter ne chercha même pas à se retenir. Il cria encore plus fort que la foule amassée et attrapa vigoureusement le bras de maître Fujisan, qui grimaça de douleur.

Rangée dans le compartiment situé sous le siège de la chaise roulante, la Tête de mort ne put s'empêcher de se plaindre :

«Oui, bon, on a entendu… Inutile de hurler! Je vous assure, ce bruit qui résonne à l'intérieur est vraiment désagréable… Combien de temps vais-je devoir supporter ces conditions, enfermée dans ce caisson? Il fait noir, c'est étroit et, pour couronner le tout, le capitaine n'arrête pas de crier et de s'agiter sur sa chaise… C'est insupportable à la fin! Vivement que je retrouve mon mât! Je me demande ce qui m'a pris de quitter le bateau… Voilà ce que j'ai gagné en m'entêtant à vouloir participer à tout prix à ces Jeux ! »

Les acclamations de la foule assistant à l'épreuve de lutte étaient si vives qu'elles se propagèrent jusqu'aux quartiers voisins où se déroulaient les autres concours.

***

La victoire de Tafa et la qualification de ses deux amis firent grande impression auprès de la population. D'un quartier à l'autre de la ville, toutes les bouches, ou presque, louèrent bientôt cette remarquable performance des visiteurs venus du ciel. On ne parlait que de leurs exploits dans les maisons, les lieux publics et même au palais, ce qui n'arrangea guère les affaires de la bande de brigands et de leur maléfique sorcier. Ils avaient certes remporté, eux aussi, deux concours sur les cinq engagés, mais leurs défaites à la course à pied et au tir à l'arc avaient mis leur chef dans un état de rage extrême. Avec la qualification du Scandinave pour les finales du lendemain, il ne voyait pas comment le sorcier allait pouvoir se servir de son grimoire en présence d'une foule nombreuse. Le capitaine à la cicatrice décida donc de se concentrer sur les autres épreuves et étudia un nouveau stratagème avec ses hommes.

12
La détermination d'une équipe

Après une brève nuit de repos chez leur hôte, Ian Flix et ses compagnons se préparèrent pour les nouvelles épreuves. Lin Yao fut la première à participer. Elle était déterminée à remporter son concours d'acrobatie, un rêve qu'elle nourrissait depuis plusieurs années déjà. Avec cet objectif implacable en tête, elle s'était entraînée jour après jour, mois après mois, pour ces Jeux si prestigieux. Mais plus que tout, elle voulait honorer sa famille et les habitants de son village.

Elle fut appelée après la troisième concurrente, sous les regards fiers de ses parents, de son oncle et de la plupart de ses amis, dont Tafa, sans doute son plus grand admirateur.

Ils retinrent tous leur souffle en la voyant s'élancer sur la piste recouverte de tapis orientaux et commencer une série de vrilles arrière. Très vite, les applaudissements résonnèrent à chacune de ses prestations. Le salto et la parfaite réception au sol provoquèrent encore un murmure d'émerveillement général. Les spectateurs restèrent époustouflés devant l'adresse phénoménale de la jeune fille. Ils vivaient un pur moment d'enchantement devant la grâce de ses mouvements. Toutes les figures suivantes les portèrent dans un même enthousiasme. Les juges ne décelèrent pas une seule faute, pas une seule hésitation, et la placèrent à l'unanimité en tête du classement dès la première épreuve.

***

Pendant ce temps, à l'extérieur de la ville, la course de chevaux s'apprêtait à débuter pour le capitaine Kutter. Flix et Corsarez aidèrent leur chef à se hisser sur l'animal, puis ils l'attachèrent fermement. Castorpille les avait accompagnés, mais demeurait à l'écart pour ne pas effrayer les chevaux. Elle en profita pour aller explorer le boisé avoisinant.

– Alors, comment vous sentez-vous, capitaine?

– Comme un saucisson ficelé!

– Ah! vous trouvez que j'ai trop serré vos attaches? s'inquiéta aussitôt Flix.

– Non, non, c'est parfait, je plaisantais... Tout va pour le mieux! À vrai dire, j'ai l'impression de vivre une seconde jeunesse.

Le capitaine flatta l'encolure de la jument Ambre, qui piaffa à deux reprises. Corsarez prit les guides et amena le cheval et son cavalier, fier et droit, jusqu'au départ, puis il rejoignit Flix et Victor dans les rangs des nombreux spectateurs. Au signal du cor, les chevaux s'élancèrent dans un formidable claquement de sabots. Le capitaine se retrouva rapidement en troisième position et parvint à se maintenir ainsi durant un tour avant de perdre trois places au tour suivant.

– Allez, ma belle, murmura Kutter, penché près de l'oreille de sa monture. Tu ne vas pas te laisser battre par ces pouliches! Je suis sûr que tu es plus rapide. Allez, montre-leur de quoi tu es capable!

Étrangement, la jument commença à récupérer son retard, comme si elle avait compris le message. Elle dépassa un premier cheval, puis un second, et un autre encore. Bientôt, elle lutta naseaux à naseaux pour la deuxième place. Flix, Corsarez et Victor suivaient la progression du capitaine avec une angoissante exci-tation, sans se soucier de savoir où était Castorpille. Complètement désintéressée par la course, celle-ci découvrait allègrement la grande variété de la faune et de la flore chinoise. Pour la première fois de sa vie de castor de Terre-Neuve, elle rencontra une famille de hérissons qu'elle confondit sur le coup avec des oursins de mer. Fascinée, elle suivit ces petites bêtes avec leurs épines sur le dos, avant de se laisser tenter par des écorces d'arbre et des ramilles à l'apparence appétissante. Elle était comblée de pouvoir profiter de ces moments d'évasion en pleine nature, loin de la vie mouvementée des marins et des bruits de la foule du champ de courses. Car, pendant ce temps, non loin de là…

– OUI, PLUS QU'UNE ! cria Flix en voyant le capitaine prendre la seconde position au dernier tour.

Une lutte serrée s'engagea entre les deux chevaux de tête. Il ne restait pas plus de deux kilomètres avant l'arrivée. Mais à ce moment, un homme dissimulé derrière un buisson en bord de piste sortit une sarba-cane et souffla une fléchette qui se planta directement sur la cuisse de la jument du capitaine. L'animal se mit à hennir fortement avant de quitter brusquement la piste. Des murmures s'élevèrent de la foule réunie sur cette partie du parcours, suivis de cris d'effroi à la vue du cheval qui basculait sur le côté au milieu des broussailles...

Les autres concurrents continuèrent leur course. La jument montée par un cavalier aux dents noircies, maintenant seule en tête, possédait déjà trois longueurs d'avance sur la suivante. Elle ne fut pas rattrapée et passa la ligne d'arrivée sous les acclamations des spectateurs parmi lesquels se trouvaient le chef des brigands et sa bande.

Inquiets de l'absence du capitaine Kutter et de sa monture, Flix et ses deux amis se précipitèrent en apercevant un attroupement de spectateurs, au loin. Leurs craintes se confirmèrent lorsqu'ils découvrirent la jument ambre couchée sur le flanc. Les premiers secours étaient déjà à l'œuvre pour tenter de détacher le cavalier, une jambe coincée sous l'animal.

– Je vais bien, rassurez-vous, confia péniblement le capitaine Kutter en voyant ses amis venir vers lui. C'est surtout la jument qui m'inquiète. Une si belle bête...

Une fois les attaches dénouées, Corsarez attrapa le harnais et tira pour inciter le cheval à se relever, tandis que Flix et les autres forçaient sur son flanc. La jument résista en hennissant, farouche. Son œil en amande était hagard et brillant. Elle finit tout de même par obéir et par se dresser sur ses pattes en piaffant à plusieurs reprises. Aussitôt le capitaine libéré, Flix remarqua une vilaine blessure à sa jambe et demanda de l'aide pour le porter jusqu'à la litière qui venait d'arriver.

Les secours transportèrent rapidement le capitaine auprès du médecin officiel engagé pour la course de chevaux. Ce dernier le soigna pour une double fracture. La jument, de son côté, s'en était également tirée sans trop de mal. En dehors de quelques écorchures plus ou moins profondes, elle n'avait subi aucune blessure majeure susceptible de la condamner.

Les juges de la course tentèrent de comprendre les circonstances de cette subite sortie de piste, mais ils ne virent pas la moindre raison de soupçonner un acte délibéré et durent conclure à un regrettable accident. La fléchette qui avait atteint la jument du capitaine s'était malheureusement détachée au moment de la chute dans les broussailles. Ian Flix et ses amis restèrent tout de même convaincus d'avoir été les victimes d'un complot, sachant qu'une première tentative du genre avait déjà failli coûter la vie à Tafa. Cela ne les découragea pas pour autant de poursuivre les Jeux et de tenter de gagner les autres épreuves. Les victoires successives de Gravenson et de Lin Yao aux finales de lutte et d'acrobatie leur donnèrent encore de l'espoir. Avec quatre victoires et deux autres concours à passer, ils pouvaient toujours remporter le fameux trophée de l'empereur.

***

Maître Chow se prépara à son tour au signal du juge, muni de son ancien jeu de cannes que son frère s'était empressé de lui remettre après l'avoir précieusement gardé durant toutes ces années. Depuis son retour de Tianshan, il avait retrouvé avec plaisir la sensation du manche entre ses mains en s'entraînant dans les jardins privés du noble chinois qui les avait chaleureusement accueillis.

Le savant aux longues et fines moustaches se positionna en début de parcours, le regard au loin, puis après un bref moment de concentration, il frappa fortement la balle avec sa canne. Parmi les spectateurs, un murmure d'approbation enfla au même moment. Les plus anciens se rappelaient les exploits du jeune Huan Chow, vainqueur de toutes les épreuves auxquelles il avait participé. Ils reconnurent très vite le style et l'adresse exceptionnelle du légendaire joueur de *chuiwan*.

De nouveau dissimulé à l'abri des regards, dans les bois avoisinants, le sorcier à la peau rabougrie prononça sans plus attendre sa formule. La lumière qui jaillit de son grimoire libéra aussitôt un courant d'air qui dévia la balle et l'envoya dans le bois opposé. Stupéfait, maître Chow tenta de comprendre ce brusque changement de trajectoire, tandis que les spectateurs se désolèrent plutôt de sa mauvaise appréciation du vent.

Convaincu d'avoir été victime d'une force extérieure capable de commander aux éléments, maître Chow garda tout de même son sang-froid et essaya de rattraper son handicap. À son deuxième coup, une nouvelle rafale déporta encore sa balle de façon insensée. La foule, réunie en grand nombre, exprima rapidement sa déception. Certains tentèrent d'expliquer ce mauvais départ par le manque d'entraînement, d'autres l'attribuèrent plutôt à l'âge.

En dépit de sa contre-performance, le savant chinois ne se découragea pas et parvint enfin à rentrer sa première balle en la levant le moins possible dans les airs. Durant les neuf circuits prévus à ce jeu, il essaya plusieurs stratégies contre ces subites bourrasques et rattrapa quelques-uns de ses adversaires. Cette remontée ne fut pas suffisante toutefois, et l'ancien champion de *chuiwan* essuya sa première défaite aux Jeux de l'empereur. Un profond regret envahit le cœur de l'ensemble de ses admirateurs, dont le haut fonctionnaire responsable des inscriptions. Tous étaient convaincus qu'il gagnerait cette épreuve en dépit de sa longue absence aux Jeux. Maître Chow se garda cependant d'attribuer ouvertement cet échec retentissant aux mêmes brigands qui s'en étaient pris aux habitants de son village. Sa grande modestie l'en empêcha autant que son honneur. Il ne tenait pas du tout à ce qu'on le plaigne d'avoir été la victime d'un complot. Pour sa part, il estimait ne pas avoir su faire face efficacement à ses adversaires, voilà tout. Cette défaite, il la devait à lui seul et à personne d'autre!

***

Après neuf épreuves sur dix, l'équipe de maître Chow comptait quatre victoires, contre cinq pour le clan du capitaine de brigands et de leur sorcier. Ces derniers s'étaient inscrits à toutes les compétitions, ce qui avait grandement augmenté leurs chances. Il leur suffisait donc de remporter le prochain concours de natation ou, au pire, de provoquer la défaite de leurs principaux adversaires, pour être assurés de gagner le trophée de l'empereur. Aussi, sans plus attendre, ils étudièrent un nouveau stratagème dans l'ombre.

L'ultime épreuve avait lieu en début d'après-midi. La pression qui pesait sur les épaules de Flix était écrasante. Intrigué, le second du capitaine Kutter souhaita tout de même éclaircir un point du règlement avec maître Chow :

— Si je l'emporte, nous totaliserons donc cinq victoires comme l'autre équipe. Mais comment serons-nous départagés pour savoir qui remportera le trophée de l'empereur ?

Devant la pertinence de la question, le savant prit le temps de répondre :

— Eh bien, à ma connaissance, jamais deux équipes ne sont parvenues à totaliser cinq victoires chacune dans ces Jeux. Il s'agirait là d'un précédent. Cela dit, les fois où des équipes ont obtenu un même nombre de victoires, elles ont toujours été départagées par la course des bateaux-dragons !

— La course des bateaux-dragons ! s'étonna Corsarez en enfilant son gilet noir.

— Oui, c'est une épreuve très populaire en Chine, expliqua maître Chow. Les équipes engagées coursent dans une longue embarcation dont la proue et la poupe sont sculptées sous les traits d'un dragon.

– D'où le nom de bateaux-dragons! comprit Corsarez, soulagé de savoir que cette épreuve n'avait rien à voir avec un véritable dragon.

– Les origines de cette course remontent à des temps très anciens. Vers le début de la saison des grandes chaleurs et des épidémies, nos ancêtres célébraient le réveil du dieu dragon, maître des rivières et des mers, faiseur de nuages et de pluie. Ils veillaient ainsi à s'assurer des récoltes abondantes et à conjurer les maladies. Le rite incluait alors des combats de bateaux, dont la coutume se pratique encore de nos jours par cette course de bateaux-dragons…

– Et combien de participants sont nécessaires pour cette épreuve? demanda prestement Flix, très intéressé par ce détail historique, mais surtout soucieux de revenir au présent.

– Vingt pagayeurs par équipe…

– VINGT! s'écria Corsarez, estomaqué. Mais nous sommes à peine six, sans compter le capitaine blessé!

– J'en suis conscient, souffla maître Chow, l'air sombre.

– Mais comment allons-nous faire? s'inquiéta Flix.

Le savant chinois aurait souhaité attendre la fin du concours de natation avant d'évoquer la course des bateaux-dragons, mais la question de Flix ne lui avait pas laissé le choix. Aussi, il tenta de minimiser la gravité de la situation devant l'effarement de ses amis :

– Ne vous souciez pas de cela pour le moment, mon cher Ian ! Vous devez rester concentré sur votre épreuve. Après, nous aviserons. Mais, à mon avis, je crois qu'il nous sera possible d'inscrire d'autres participants pour compléter notre équipe…

– Mais où les trouver ? insista Flix en tournant dans la pièce, les mains derrière le dos.

– Je ne sais pas encore, mais nous les trouverons ! Je vous en prie, cher ami, ne vous laissez pas accabler par ces petits détails pour le moment…

Maître Fujisan, qui avait assisté à la discussion sans chercher à intervenir, abonda cette fois dans le sens de son homologue. Sur ces conseils avisés, Flix s'éloigna en silence et resta seul dans une pièce voisine de la grande demeure du noble chinois. Il fit les cent pas, en silence, avant de porter son regard par la fenêtre. Repensant alors aux habitants de Tianshan et à leur détresse, il redressa soudain ses épaules, bien décidé à remplir sa mission jusqu'au bout.

***

Le concours de natation se déroula en début d'après-midi devant une foule nombreuse. L'épreuve consistait à traverser une rivière en nageant le plus loin possible sous l'eau. Le temps passé en apnée n'apportait rien de plus cependant, seule la distance parcourue importait pour déterminer le gagnant. Pour veiller au respect des règles, un juge avait été placé sur chaque rive et deux autres à bord de barques ancrées le long du parcours.

Au signal du cor, le premier concurrent plongea sous les encouragements de ses partisans, puis un long silence s'installa, le temps de la traversée. Tous se demandaient jusqu'où le nageur allait bien pouvoir se rendre avant de ressortir. Bientôt, le juge de la première barque leva un drapeau à l'effigie du dragon impérial en apercevant sa silhouette passer sous l'eau. Des sourires de satisfaction apparurent dans le public quand, quelques mètres plus loin, l'homme jaillit finalement, à bout de souffle. Le juge annonça haut et fort vingt-neuf mètres, ce qui engendra de vifs applaudissements.

Le second nageur améliora la distance de cinq mètres et le suivant encore de trois mètres. Le quatrième, par contre, ne fit pas mieux. Mais le cinquième concurrent, lui, dépassa la meilleure performance de dix-huit mètres, soit une distance de cinquante-cinq mètres sans prendre sa respiration. À l'annonce du résultat, une grande partie de la foule se leva pour acclamer le talentueux nageur dont l'équipe comptait déjà cinq victoires. Cette brillante prestation inquiéta le camp de maître Chow, qui risquait ainsi de perdre le trophée de l'empereur.

Les deux participants qui suivirent ne firent guère mieux, visiblement dépassés par l'ampleur du défi.

Le tour de Flix arriva enfin. Avant-dernier candidat en lice, il effectua quelques mouvements respiratoires afin de préparer ses poumons et son corps à la longue plongée en apnée, puis il leva le bras pour annoncer qu'il était prêt.

Au signal du juge, il disparut sous l'eau dans un silence presque total. Il atteignit assez rapidement le niveau de la première barque sans la moindre faute de parcours. Les mouvements de ses bras et de ses jambes étaient constants et bien cadencés. Flix avait maintes fois démontré ses capacités à nager en apnée dans les lacs et les rivières des environs de la ville de Québec. Tous ses amis marins pouvaient également en témoigner. Une victoire à cette épreuve était donc loin d'être illusoire pour lui, à condition qu'aucun obstacle extérieur ne vienne y mettre un terme.

Flix s'apprêtait justement à franchir la seconde barque, ancrée à cinquante mètres, lorsque le maléfique

sorcier, masqué par les hautes herbes, libéra une nouvelle fois l'un de ses redoutables sortilèges. En un
instant, les nombreuses plantes aquatiques se mirent
en mouvement dans les profondeurs de la rivière,
puis elles grimpèrent rapidement vers la surface. Au
contact du nageur, elles s'enroulèrent autour de son
corps, arrêtant net sa progression. Pris par surprise,
Flix tenta de se dégager avec sa main encore libre, mais
à peine avait-il arraché l'une de ses entraves végétales
qu'une autre s'ajoutait aussitôt. Plus il bougeait, plus
ses liens se resserraient comme un garrot.

À l'extérieur, les premiers signes d'inquiétude apparurent sur les visages. Le temps de la remontée s'étirait
anormalement. Sur la rive, l'un des juges se renseigna
auprès de son homologue de la seconde barque, mais
ce dernier lui signala qu'il n'avait toujours pas aperçu
le nageur.

Corsarez se rapprocha de la berge, la respiration con-
tenue. Il se trouva rapidement face à un dilemme de
taille. S'il décidait de plonger maintenant en voulant
secourir son ami, il le disqualifiait automatiquement.
Se tournant aussitôt vers maître Chow et ses compagnons pour jauger leur avis, il aperçut Castorpille
qui n'avait pu s'empêcher de déguster quelques brin-
dilles fort appétissantes à ses yeux. Il se dépêcha de

la rejoindre et lui demanda en mettant une main devant sa bouche :

– Faufile-toi discrètement dans l'eau et assure-toi que Ian va bien…

Réalisant tout à coup le danger qu'elle n'avait pas su pressentir par sa distraction, Castorpille engloutit prestement sa dernière bouchée et fila plus en amont avant de disparaître dans les hautes herbes. Avec la rapidité d'un castor digne de ce nom, elle traversa la rivière en nageant sous l'eau. Les plantes aquatiques grimpantes tentèrent aussitôt de l'agripper, mais, grâce à sa grande agilité, elle parvint à éviter les assauts qui, brusquement, s'arrêtèrent au bout de quelques mètres. Ne cherchant pas à comprendre pourquoi, elle progressa encore plus vite en se faufilant entre les filaments végétaux devenus inertes. Bientôt, elle vit Flix pris au piège et donna un violent coup de queue pour bifurquer dans sa direction. Sans perdre de temps, elle sectionna toutes les tiges menaçantes de ses puissantes incisives, sous le regard reconnaissant de son ami. Libéré, ce dernier continua sa traversée en apnée, au plus grand étonnement du castor.

Le second juge, penché sur sa barque, signala enfin le passage du nageur. À cette annonce, des cris de joie et de soulagement s'élevèrent de la foule, et tout particulièrement du camp de maître Chow.

Visiblement déterminé à se surpasser, Flix franchit les cinquante-cinq mètres, puis les soixante.

– LE VOILÀ! s'exclama peu après Corsarez, en tendant le bras et en pointant un doigt droit devant lui.

Le juge placé sur l'autre côté de la rive confirma en même temps l'apparition du nageur en agitant vigoureusement son drapeau à l'effigie du dragon. Soixante-huit mètres, annonça peu après le juge de la seconde barque qui s'était rapproché pour relever la distance inscrite sur le nœud rouge noué sur la corde tendue le long du parcours. Flix avait pulvérisé le record du meilleur nageur de treize mètres. Les cris et les applaudissements de la foule retentirent avec force. Aussi loin qu'on pouvait se rappeler, jamais on n'avait assisté à un tel suspense dans ce concours de nage en apnée. Du coup, le dernier nageur en lice préféra déclarer forfait face à l'ampleur du défi, ce qui mit fin à la compétition. La victoire de Flix impliqua donc une égalité entre deux équipes, au plus grand contentement des spectateurs qui allaient pouvoir encore assister à une ultime épreuve, et pas la moindre.

13
Le trophée du vainqueur

Le comité organisateur se réunit rapidement afin de prendre une décision. La parité des deux équipes impliquait de les soumettre à la traditionnelle course de bateaux-dragons, mais plusieurs juges contestèrent la tenue de cette épreuve compte tenu de la situation. Selon eux, le règlement était explicite : toute équipe ne pouvant se présenter à la course des bateaux-dragons avec vingt pagayeurs était automatiquement disqualifiée. D'autres membres du comité furent moins catégoriques cependant, préférant autoriser la seconde équipe à compléter son groupe pour permettre l'affrontement.

La discussion se prolongea jusqu'à la tombée de la nuit. Chacun s'était muni des textes officiels afin de déterminer si une équipe pouvait inscrire de nouveaux participants après le début des Jeux. L'un des juges déclara une nouvelle fois :

— Je le répète, aucune équipe n'a le droit d'inscrire de nouveaux participants APRÈS l'ouverture des Jeux !

— Certes, rétorqua un autre, mais cette règle s'applique UNIQUEMENT aux dix épreuves officielles, et non à la course de bateaux-dragons…

— Permettez-moi de vous arrêter sur ce point, cher ami ! Du moment que la course de bateaux-dragons est engagée, elle devient une épreuve officielle, donc sujette à l'interdiction d'y inscrire de nouveaux participants…

— Il a raison !

— Navré, mais je ne suis pas d'accord, insista le juge plutôt favorable. Si les deux équipes n'avaient pas eu leurs vingt pagayeurs, nous aurions bien été forcés de les autoriser toutes les deux à compléter leur groupe.

Les membres du comité se concertèrent encore et, bientôt, la majorité se porta finalement en faveur d'une dérogation. À l'annonce du verdict, les applaudissements et les cris de joie résonnèrent d'un quartier à l'autre de la ville.

Les préparatifs commencèrent très tôt le lendemain et durèrent deux jours, ce qui laissa au camp de maître Chow le temps de compléter son équipe. Victor, le réparateur de la compagnie *Rhum-Atisme*, se proposa immédiatement. L'engouement des habitants de Pékin était tel que beaucoup souhaitèrent figurer parmi les vingt pagayeurs, au grand soulagement de Flix, qui s'était inquiété pour rien. Il choisit lui-même les personnes les plus aptes physiquement et, ensemble, ils se présentèrent devant le comité organisateur qui officialisa aussitôt leurs inscriptions. Cette nouvelle ne fit guère l'affaire du chef des brigands et de son sorcier ; encore une fois, il serait très difficile d'envoyer leurs sortilèges avec une foule aussi nombreuse. Ils craignaient de plus en plus de perdre cette ultime épreuve et le fameux prix.

***

Le jour de la course, tous les habitants de Pékin endossèrent leurs plus beaux habits, puis invitèrent leur famille et leurs amis à les accompagner à la rivière. Suivant la tradition, une collecte avait été organisée afin que la population puisse offrir des cadeaux à l'équipe gagnante. Selon leurs moyens, les uns apportèrent des

morceaux de soie et des mouchoirs finement brodés ;
les autres, des éventails et des chapeaux-parapluie en
rotang ou en bambou. Les plus riches ajoutèrent des
sommes d'argent destinées à récompenser les meilleurs
pagayeurs. La plupart des présents furent exposés près
de la rivière, à la vue de tous. Le reste fut suspendu à
une perche plantée dans l'eau et surmontée d'un ample
drapeau à l'effigie du dragon impérial aux cinq griffes.
Cette longue tige de bois marquait à la fois le départ et
l'arrivée de la course. Les deux équipes devaient ainsi
pagayer le long du parcours et contourner une autre
perche à mi-distance avant de revenir pour arracher
la perche principale.

Installés dans leur étroite embarcation, les concurrents attendaient nerveusement le départ, comme les
milliers de spectateurs avides debout ou assis sur les
berges. Afin d'accueillir le plus de monde possible,
les organisateurs avaient même aménagé des embarcations, mises bout à bout, arborant leurs drapeaux
et leurs banderoles multicolores. La course des
bateaux-dragons était une véritable fête pour les
Chinois. C'était l'occasion de se retrouver en famille
et entre amis ou de faire de nouvelles connaissances,
autour d'un repas au bord de l'eau. Les sourires se
dessinaient sur tous les visages.

L'organisateur en chef se présenta enfin, tout gonflé d'importance dans sa longue tunique de soie rouge brodée de fils d'or. Il prononça son discours et souhaita bonne chance aux concurrents avant de donner lui-même le signal du départ.

Les pagayeurs partirent aussitôt sous une pluie de cris et d'applaudissements. Assis à la proue, maître Chow encourageait ses compagnons sous la cadence du batteur, placé au centre du bateau. Les pagaies plongeaient et replongeaient avec frénésie. Dans l'autre embarcation, le barreur poussait déjà ses hommes au maximum de leurs capacités afin de prendre rapidement une bonne avance. Ses hurlements semblaient efficaces vu l'ardeur de ses coéquipiers, qui distancèrent le bateau adverse d'une longueur. Piqué dans sa fierté, maître Chow fit lui aussi accélérer la cadence pour pousser ses pagayeurs.

Au moment de rebrousser chemin, à mi-parcours, les deux bateaux-dragons se trouvaient quasiment à la même hauteur. La lutte allait être serrée jusqu'au bout, de toute évidence. Maître Chow redoubla d'ardeur et rappela à ses amis qu'ils avaient leur destin en main et qu'ils devaient tout donner pour remporter cette course.

Dans la foule, les partisans de chaque équipe crièrent de plus belle pour encourager les leurs. Ne voulant pas être en reste, le capitaine Kutter, la jambe gauche recouverte d'une attelle, hurla encore plus fort, au grand désarroi de la Tête de mort, toujours enfermée dans son caisson.

« Ciel, je ne vous dis pas l'état de mon os temporal ! Une chance que je n'ai pas à subir ces cris incessants de si près, sur *La Belle espérance*. Vivement qu'on me sorte de là pour me hisser à nouveau sur mon mât ! Moi qui rêvais de voir la Chine tout en couleurs, eh bien, c'est raté ! »

La perche où pendaient les cadeaux de la population était maintenant visible des deux embarcations. Maître Chow resta bien concentré, en dépit de la légère avance de son bateau. La cadence de ses pagayeurs était bonne et constante. Bientôt, il ne resta plus que cinquante mètres à parcourir, puis vingt-cinq. La victoire était au bout de leurs bras quand, à la stupeur générale, le bateau de queue se déporta à bâbord et percuta la poupe de l'embarcation de maître Chow. Le choc manqua de faire basculer plusieurs pagayeurs, mais Flix anticipa la manœuvre en se jetant sur la perche qui venait de les frapper de plein fouet par le flanc. Corsarez, Gravenson et Tafa se levèrent rapidement après lui et l'aidèrent à tirer.

Les spectateurs, déjà euphoriques, se mirent à crier à la vue des vainqueurs. Maître Fujisan et Lin Yao firent éclater leur joie, de même que le capitaine Kutter. Son enthousiasme fut d'ailleurs si bruyant que la Tête de mort en sursauta d'effroi. Elle pesta encore un instant, mais elle finit par se réjouir de savoir que ses amis avaient remporté l'épreuve. Pour rien au monde elle n'aurait voulu manquer cet événement, tout comme le capitaine d'ailleurs. En convalescence, ce dernier s'était fermement opposé à l'ordre du médecin privé de leur hôte chinois et était venu assister à cette course de bateaux-dragons. Il se sentait déjà suffisamment frustré de ne pas avoir été présent pour encourager ses amis dans les dernières épreuves. Il était donc hors de question pour lui de manquer aussi celle-ci, surtout avec un pareil enjeu. La Tête de mort ne s'en plaignit pas, loin de là. Elle aurait certes préféré voir les Jeux de ses propres orbites, mais à défaut d'images, elle avait eu au moins le son, quoiqu'un peu trop fort à son goût.

Du côté des brigands, on était bien loin de partager ce même bonheur. Le joyau en forme d'œuf venait de leur échapper, en dépit des tentatives maléfiques de leur sorcier. Désireux de fuir l'ambiance trop festive, ils quittèrent les lieux sur-le-champ, bien décidés à ne pas en rester là.

***

L'équipe gagnante fut invitée à recevoir les cadeaux de la population, puis le haut dignitaire prononça son discours final, dicté par l'empereur lui-même. Il remit ensuite le prix à maître Chow, sous les regards émus de son frère cadet, de la femme de celui-ci, et de tous les habitants de Tianshan qui assistaient à la présentation. Dans un même mouvement, le savant porta le trophée en forme d'œuf haut au-dessus de sa tête, ce qui engendra des applaudissements soutenus de toute la foule. Pour conclure la cérémonie, le haut dignitaire fit venir ensuite de larges litières ouvertes, décorées aux quatre angles par de somptueux dragons, afin d'y installer les concurrents méritants. De jeunes filles leur apportèrent alors de magnifiques cruches d'eau aux vertus magiques, tirée expressément du puits sacré à l'occasion de la course des bateaux-dragons. Les pagayeurs burent dans un silence solennel, avant de recevoir, cette fois, des plateaux chargés de mets variés, dont les fameuses feuilles de bambous farcies, les zongzis, servies à chaque course de bateaux-dragons. Ils se laissèrent ensuite transporter dans les rues de la ville dans une longue parade afin que toute la population puisse acclamer les vainqueurs.

***

Après une courte nuit, maître Chow et ses amis retournèrent au Grand Canal pour se rendre à Tianshan et remettre officiellement le trophée aux habitants. En raison de son état, le capitaine Kutter resta à Pékin avec Gravenson et maître Fujisan, ce dernier étant désireux de commencer à gonfler l'aérostat d'hydrogène pour le voyage du retour. Castorpille déclina également l'invitation de maître Chow de se joindre à eux. Quelque peu indisposée après avoir trop mangé durant les festivités, elle préféra se reposer dans les jardins privés de leur hôte.

À Tianshan, les héros furent accueillis avec beaucoup d'émotion et de fierté. Les habitants s'empressèrent de leur offrir l'hospitalité pour quelques jours afin de profiter pleinement de leur présence. Maître Chow acquiesça sans hésiter, désireux de partager un peu plus de temps avec sa famille et ses anciens amis. Il voulait aussi s'assurer que les effets du sortilège disparaîtraient bien au quarantième jour, comme Lin Yao l'avait entendu de la bouche des deux brigands. Ils durent patienter six jours avant de voir les villageois pétrifiés retrouver leur apparence. Ces retrouvailles provoquèrent une véritable effusion de joie.

Au moment du départ, maître Chow ne put s'empêcher de verser quelques larmes, en toute discrétion. Il aurait souhaité rester plus longtemps dans son village natal, mais ses amis et lui devaient retrouver leurs compagnons restés à Pékin pour ensuite regagner *La Belle espérance* avec leur appareil volant. Ils n'avaient plus vraiment de raison de rester dans la région et de poursuivre les criminels, sachant que les habitants de Tianshan avaient retrouvé leur dignité. Il valait mieux laisser les autorités provinciales agir seules pour mettre la main sur ces brigands et les soumettre à la justice.

Au bord du Grand Canal, Lin Yao faisait elle aussi ses adieux, en compagnie de son père et sa mère. Elle s'approcha de son oncle et de ses amis au moment où ceux-ci s'apprêtaient à embarquer.

– Je n'oublierai jamais ce que vous avez fait pour nous. J'espère vous revoir tous un jour…

– Nous nous reverrons, Lin Yao, rassure-toi, approuva douloureusement maître Chow.

– Aux prochains Jeux, peut-être ? souffla son frère cadet avec amusement.

– Qui sait ?

Sans plus attendre, Lin Yao enleva son chapeau de paille conique et embrassa Tafa sur la joue avant de demander :

– Tu viendras me voir aussi, promis ?

– Oui, bien sûr, et j'ai déjà hâte à ce jour, hoqueta le jeune Égyptien, tout pétri d'émotion.

Maître Chow et ses compagnons montèrent finalement à bord de leur sampan, et après de longues salutations de la main, ils remontèrent le Grand Canal.

À Pékin, une heure plus tard, ils reçurent un accueil assez froid de la part de maître Fujisan, très mécontent de la durée de leur absence. L'aérostat était prêt à prendre les airs depuis deux jours, et il avait dû réguler en permanence le volume d'hydrogène en attendant leur retour.

– Nous pouvons partir, maître Chow ? À moins que vous ayez encore à voir un autre parent, un ami ou je ne sais qui…

– Noterais-je une pointe de sarcasme dans vos propos, mon cher confrère ?

– En effet, répondit sèchement le savant japonais avant de s'emporter, CAR VOUS AVEZ NÉGLIGÉ DE ME DIRE QUE VOUS RESTERIEZ QUELQUES JOURS DE PLUS DANS VOTRE VILLAGE NATAL !

– Je suis vraiment navré, cher ami. Je ne pensais pas y rester si longtemps. Nous avons dû attendre de voir disparaître les effets du sortilège…

– EH BIEN, VOUS AURIEZ DÛ NOUS ENVOYER TAFA OU JE NE SAIS QUI POUR NOUS AVERTIR! Cela nous aurait évité des inquiétudes inutiles! Qui plus est, le vent nous est moins favorable aujourd'hui…

Maître Chow resta bouche bée, préférant éviter d'expliquer que Lin Yao s'était trompée sur le jour exact où le village avait été attaqué.

– J'ai été négligent, je le reconnais bien volontiers, maître Fujisan. Veuillez me pardonner…

Redevenu un peu plus calme, le savant japonais accepta les excuses de son ami d'un simple hochement de tête accompagné d'un murmure dans sa langue maternelle.

Le reste de l'équipement fut ensuite chargé dans la nacelle. En plus de victuailles, ils emportèrent quelques cadeaux reçus de la population, et laissèrent le reste à tous les autres pagayeurs méritants de leur équipe. Le capitaine fut le premier à être installé à la proue de la chaloupe avec sa chaise roulante.

Il fut bientôt rejoint par Castorpille qui, cette fois, préféra se placer à ses côtés. Elle reprochait également à Flix d'être parti trop longtemps sans donner signe de vie. Elle avait imaginé le pire en pensant à ces brigands sans scrupules. Aussi, pour lui faire part de son mécontentement en silence, elle décida de ne pas s'installer à ses pieds comme à l'aller.

Une fois les passagers prêts à partir, maître Fujisan lâcha du lest et demanda aux hommes au sol de libérer les amarres. Aussitôt, l'aérostat décolla puis commença son ascension sous les regards émerveillés des curieux tout aussi nombreux qu'à leur arrivée. Victor, le réparateur, ainsi que le noble chinois qui les avait hébergés n'avaient pas manqué de venir les saluer. Ils se remerciaient encore chaleureusement par des signes de la main, quand des cris s'entendirent au loin :

– ATTENDEZ ! NE PARTEZ PAS, JE VOUS EN PRIE !

– C'est Lin Yao ! s'exclama Flix le premier.

– ONCLE HUAN ! JE T'EN PRIE, ATTENDS ! hurla de plus belle la jeune fille, le visage en larmes.

– Redescendons, maître Fujisan, je vous en conjure ! pressa aussitôt maître Chow, le regard alarmé.

Le savant japonais ouvrit sans plus tarder la soupape pour libérer de l'hydrogène et faire redescendre l'aérostat. La nacelle n'avait pas encore touché le sol que Lin Yao jeta, à bout de souffle :

– C'EST TERRIBLE... ONCLE HUAN... LE TROPHÉE... IL A ÉTÉ VOLÉ!

– C'est impossible! Je le tenais encore dans mes mains, hier soir!

Maître Chow avait prestement descendu de la nacelle et rejoint sa nièce, qui poursuivit abruptement:

– On pense qu'il a été volé cette nuit. Après votre départ, ce matin, un pisteur du village a constaté sa disparition. Il a trouvé des traces d'effraction dans la bâtisse où le trophée était exposé. Il a ensuite relevé plusieurs empreintes de pas d'un groupe d'hommes, ainsi que des marques de sabots, un peu plus loin, à la sortie du village. Selon lui, tout semble indiquer que les voleurs sont partis vers le nord-ouest. Ils devaient être douze ou treize, d'après son estimation.

– Ce sont probablement ces mêmes brigands qui ont attaqué le village, tout récemment! grommela Corsarez.

– Je le crois aussi, appuya Flix, car à part eux, qui d'autre aurait pu commettre ce vol? Cela expliquerait en tout cas pourquoi ils tenaient tant à participer à ces Jeux et à gagner le prix de la meilleure équipe. C'est le trophée de l'empereur qu'ils voulaient, de toute évidence. Mais pour quelle raison? Là est la question...

– Nous pourrions toujours tenter de les poursuivre avec notre aérostat, proposa maître Fujisan. Nous avons justement un vent plutôt favorable pour prendre la direction du nord et de l'ouest…

– D'accord, mais nous risquons de rater notre point de rendez-vous avec *La Belle espérance*, grimaça Gravenson. Si on ne rejoint pas nos compagnons au moment convenu, ils vont repartir sans nous…

– Mais non ! assura le capitaine Kutter. Dans le pire des cas, si nos amis estiment qu'il est trop risqué pour eux de s'éterniser sur cette île, ils mettront le cap sur une autre et ils reviendront nous rechercher plus tard.

Victor, qui avait attentivement suivi la conversation aux côtés du noble chinois, s'approcha à son tour en ouvrant sa sacoche :

– Tenez, vous pourriez en avoir besoin pour retrouver votre navire.

– Mais c'est votre *Grand Pisteur à Souffle* ! s'étonna Flix.

– Ne vous inquiétez pas, je m'en procurerai un autre auprès de la compagnie. Je leur dirai simplement que j'ai perdu le mien. Prenez-le, Ian, j'insiste ! Vous n'aurez qu'à vous en servir comme je vous l'ai appris durant mon séjour sur votre bateau, et les dauphins vous guideront. Ils ne se trompent jamais, vous verrez !

Flix posa une main ferme sur l'épaule du réparateur puis, après un échange muet avec le capitaine, il
accepta le fameux *GPS*.

– Laissez-moi venir avec vous ! supplia Lin Yao,
tandis que tous remontaient à bord.

– Pas cette fois ! s'opposa maître Chow. C'est bien
trop risqué…

La jeune fille allait protester, mais devant le ton
ferme de son oncle, elle se résigna. L'aérostat reprit
de l'altitude avant de survoler la ville et de disparaître
dans les airs.

14
La poursuite
infernale

Maître Fujisan et ses compagnons mirent le cap au nord-ouest en espérant débusquer les voleurs, qui avaient plusieurs heures d'avance sur eux. Heureusement, grâce à leur appareil volant, ils pouvaient rapidement rattraper ce retard. De par leur position élevée, ils avaient également plus de chances de repérer une douzaine d'hommes à cheval.

Maître Chow était perplexe toutefois. Il s'interrogeait sur les intentions des brigands et ne manqua pas de le faire savoir à ses amis :

— Je ne comprends pas pourquoi ils ont décidé de suivre cette direction. En continuant ainsi, ils atteindront rapidement la Grande Muraille, mais ensuite où iront-ils?

De l'intérieur de son caisson, sous la chaise du capitaine, la Tête de mort sembla soudain très intéressée:

«Ai-je bien entendu? Ils ont parlé de la Grande Muraille! On va peut-être la survoler... Vite, il faut que je trouve le moyen de sortir de là! Mon fémur pourrait peut-être faire l'affaire si je m'en sers comme levier... C'est le moment ou jamais... Je veux voir la Grande Muraille!»

***

Moins de deux heures plus tard, maître Chow annonça, non sans une certaine fierté:

– Mes amis, voici la Grande Muraille, construite par mes ancêtres!

Se rapprochant rapidement sous la force du vent, tous se laissèrent envahir par l'immensité de cette œuvre humaine. Chacun exprima son émerveillement devant tant de beauté et de grandeur. À la poupe, le capitaine se pencha le plus possible pour mieux voir, malgré sa jambe toujours raide. Il s'apprêtait à décrire ses impressions quand, soudain, un étrange bruit attira son regard vers le haut.

– PAR MA BARBE ROUSSE, QUI A ENCORE HISSÉ NOS COULEURS SANS MON AUTORISATION ?!

Les yeux se levèrent pour constater les faits, mais chacun déclina toute responsabilité.

– Voulez-vous que je grimpe au cordage pour ramener notre pavillon, capitaine ? demanda Tafa.

«AH, NON, PAS ENCORE !» protesta la Tête de mort.

– Non, ce ne sera pas utile, confia finalement le capitaine. De cette façon, ceux que nous recherchons sauront à qui ils ont affaire…

La Tête de mort ne manqua pas de lancer un profond soupir :

«Ouf! on peut dire que je l'ai échappé belle cette fois… Je vais pouvoir profiter pleinement du paysage… Alors, la voici, la Grande Muraille! Elle est vraiment magnifique! Quelle œuvre architecturale remarquable! C'est de toute beauté… J'en pleurerais de joie si je pouvais encore produire des larmes…»

Dans la nacelle, l'impatience se lisait sur les visages. Il n'y avait toujours aucun signe des cavaliers. Maître Chow suggéra finalement de longer la Grande Muraille d'ouest en est.

Bénéficiant d'un rhumb convenable, maître Fujisan n'eut aucun mal à manœuvrer l'appareil dans la direction demandée. À cette altitude, ils étaient également hors de portée des soldats qui surveillaient la frontière.

– Mais où ont-ils pu aller ? s'impatienta Corsarez, désespérant de retrouver ces hommes.

La Tête de mort, elle, était encore plus ravie de pouvoir longer la Grande Muraille de Chine.

« Ce voyage est un enchantement ! Je peux enfin le dire : du haut de la Grande Muraille, près de trente siècles vous contemplent*! Oh, que c'est excitant ! À quand l'Égypte, pour que je survole aussi les pyramides ? »

Pendant ce temps, maître Chow et ses amis scrutaient inlassablement la vaste région montagneuse qui s'étendait à perte de vue. Le temps s'écoulait sans le moindre signe notable, jusqu'au moment où Flix crut remarquer un nuage de poussière en contrebas.

– Pourrais-je avoir la longue-vue, capitaine ?

– Vous avez repéré quelque chose ? lança le commandant en tendant la lunette.

---

* La construction de la Grande Muraille a débuté au Xᵉ siècle avant J.-C. et s'est étendue jusqu'au XVIᵉ siècle après J.-C..

– Je ne sais pas encore…

Flix pointa l'instrument dans la direction estimée et l'ajusta. Tous étaient dans l'expectative.

– Oui, ce sont eux, je pense! Ils galopent vers l'est. J'en compte huit… neuf… Le sentier tourne, je ne les vois pas tous! Attendez… ILS SONT TREIZE! J'aperçois aussi un lac au loin… OH! je vois aussi un navire…

– Un navire sur un lac?

– Oui, capitaine! Regardez par vous-même!

Le temps de pointer la longue-vue, le commandant confirma:

– Par ma barbe rousse, monsieur Flix, vous avez raison! Mais comment ont-ils fait pour se rendre jusqu'ici avec leur navire?

Tout en se rapprochant du lac, ils virent bientôt les treize hommes abandonner leurs montures pour monter à bord d'une chaloupe.

«Ciel, un pavillon ennemi! s'exclama la Tête de mort en pointant aussi sa propre longue-vue conçue à partir d'un os évidé. Je ne suis donc pas la première Tête de mort à avoir vu la Grande Muraille. Ah, zut alors!»

À peine à bord de son navire, le chef des pirates et ses hommes se préparèrent à lever l'ancre. Flix suivait leurs manœuvres avec la longue-vue que le capitaine lui avait de nouveau remise. Il s'exclama tout à coup:

– Je vois un homme avec un grimoire comme le nôtre!

L'instant d'après, une lumière éclatante jaillit du pont. Le navire s'éleva alors doucement au-dessus du lac et commença à survoler la montagne par l'est.

– C'est incroyable! s'exclama Gravenson.

– Ils vont nous échapper! s'inquiéta Corsarez.

– Pas si sûr, regardez! Ils n'avancent pas plus vite que nous! fit remarquer Flix.

– C'est probablement dû au tonnage, expliqua maître Fujisan. Leur navire est trop lourd pour profiter pleinement de la force du vent, même avec toutes leurs voiles dehors. Notre aérostat, lui, a l'avantage d'être plus léger.

– Arriverons-nous tout de même à les suivre sans nous faire repérer? soupira maître Chow, dubitatif.

– Je ne vous promets rien, cher ami, mais je vais essayer.

Le savant japonais effectua aussitôt quelques réglages pour faire grimper l'aérostat à une altitude de cinq mille pieds. Le bateau poursuivit sa route sur plusieurs kilomètres, puis soudain, il changea de cap avant de survoler une zone désertique.

– Ce n'est pas normal! dit Flix. Pourquoi ne continuent-ils pas vers l'est, en direction de la mer?

– Peut-être se sont-ils rendu compte de notre présence? suggéra mollement Corsarez.

– Je ne sais pas, mais ce désert sans fin ne me dit rien qui vaille…

– REGARDEZ! cria tout à coup Tafa, à la proue, en pointant son doigt vers le bas. Il y a encore cet éclat de lumière sur le pont du navire!

– De plus en plus étrange, murmura maître Chow, ses longues moustaches frémissantes. Qu'ont-ils l'intention de faire avec ce nouveau sortilège?

– Ils changent encore de cap! glapit le jeune Égyptien.

Maître Fujisan manœuvra aussitôt, mais Flix s'exclama, horrifié:

– OH, NON! Regardez cet étrange nuage vers l'ouest!

– Par la Grande Muraille, on dirait une tempête de sable! confirma maître Chow. Et elle fonce droit sur nous… Maître Fujisan, vite! Éloignez-nous de là ou nous allons être emportés!

– Je m'y emploie déjà, maître Chow, je n'ai pas attendu vos conseils! rétorqua le savant japonais, agacé qu'on lui dise comment manœuvrer son appareil volant.

L'aérostat grimpa rapidement à six mille pieds. Maître Fujisan espérait ainsi survoler la tempête plutôt que de chercher vainement à la distancer. L'immense nuage de sable avançait à une vitesse fulgurante, arrachant et balayant tout sur son chemin. Son centre semblait animé par une force surnaturelle qui avait l'apparence d'un animal tentaculaire avec une gueule grande ouverte. Le temps d'une respiration, la tempête passa juste sous la nacelle. La violence de son passage provoqua cependant une importante perturbation atmosphérique qui secoua dangereusement l'aérostat. Mais le pire était à venir. Un gigantesque tentacule de sable jaillit et s'enroula violemment autour de la chaloupe pour l'entraîner dans son sillage. Chacun des passagers s'agrippa comme il put.

Flix eut tout juste le temps d'attraper Castorpille, qui s'était lancée vers lui, et de la maintenir sur ses cuisses tout en se tenant au rebord de la chaloupe.

Cette fois, il n'y avait plus l'ombre d'un doute, l'équipage du bateau les avait repérés. Aussitôt le sortilège libéré, il s'était dirigé vers la montagne toute proche pour se mettre à l'abri. Visiblement satisfait de son stratagème, le sorcier à la peau rabougrie observa avec sa longue-vue et laissa échapper un de ses rictus caractéristiques en découvrant l'aérostat malmené.

– On ne peut pas toujours gagner, messieurs ! lança-t-il avec une joie mauvaise. Au plaisir de ne plus jamais vous revoir…

Des cris de victoire fusèrent du navire. Pendant ce temps, dans la nacelle de l'aérostat, le capitaine Kutter brandit avec courage son sabre pour tenter de sectionner le tentacule de sable, mais en vain.

– Maître Fujisan, sortez-nous de là! supplia maître Chow.

– MAIS VOUS VOYEZ BIEN QUE JE NE PEUX PLUS CONTRÔLER L'AÉROSTAT! COMMENT VOULEZ-VOUS QUE JE LUTTE CONTRE LE SORTILÈGE D'UN GRIMOIRE?

– Mais oui, le grimoire! s'exclama tout à coup le savant chinois. Seul un sortilège peut en contrer un autre… Et je crois savoir lequel…

Anticipant la demande, le capitaine Kutter sortit prestement le vieux livre rangé dans le caisson de son siège et le tendit à Corsarez, qui le donna aussitôt à maître Chow, ballotté en tous sens. Le savant chinois prononça sans attendre une formule qu'il avait apprise par cœur après le dernier incendie.

– *PLUVIA MAXIMUS*!

Le vieux livre s'ouvrit et libéra un ruban verdâtre qui se répandit rapidement dans les airs. En un instant, de gros nuages sombres se formèrent et une pluie abondante s'abattit sur la région, laissant tout juste le temps à maître Chow de mettre le grimoire à l'abri.

Brusquement affaiblie, la tempête de sable commença à perdre de sa force et à s'affaisser. Pourtant, le tentacule resta encore accroché à la nacelle en la tirant vers le bas. D'un même regard, Flix et le capitaine Kutter comprirent que le moment était venu pour eux d'unir leurs forces. Brandissant leurs sabres, ils frappèrent le tentacule de sable, dont l'épaisseur avait singulièrement diminué. Ils l'entaillèrent avec acharnement jusqu'à ce que la pluie finisse par enlever les derniers grains récalcitrants restés collés à la coque de la chaloupe.

Tous s'attendaient à voir l'aérostat reprendre enfin de l'altitude.

– Pourquoi ne remonte-t-on pas, maître Fujisan ? s'inquiéta le savant chinois, déjà tout trempé.

– Nous avons perdu trop de gaz. L'enveloppe est trop distendue…

Bientôt, l'appareil volant descendit brusquement.

«AH, QUELLE HORREUR! s'alarma la Tête de mort. JE SENS QUE JE VAIS ME DISLOQUER AVANT MÊME D'AVOIR TOUCHÉ TERRE!»

La chute fracassante semblait certaine, mais Flix entrevit soudain le moyen d'éviter le pire.

– Tout n'est peut-être pas perdu, les amis! Regardez! La pluie a créé un couloir d'eau boueuse qui se dirige droit vers la mer… ACCROCHEZ-VOUS ! Le choc risque d'être brutal…

Le sol se rapprochait de plus en plus vite. Heureusement, l'aérostat descendait en diagonale, sous la force du vent. L'équipage avait peut-être une chance de s'en sortir.

La chaloupe frappa l'eau avec violence, mais elle résista tout de même au choc. Très vite, elle fut entraînée dans le courant de la rivière. Castorpille grelottait de terreur tandis que ses amis s'empressaient de couper les cordes d'amarrage. Leur chaloupe risquait à tout moment de chavirer si l'enveloppe distendue de l'appareil venait à s'accrocher à un rocher ou à un arbre.

« MAIS ILS SONT FOUS ! s'étouffa presque la Tête de mort, horrifiée. Ils ne vont quand même pas m'abandonner ? Vite, je dois me détacher avant qu'ils ne coupent tout ! »

Mais le capitaine Kutter suspendit son geste, au moment où il s'apprêtait à sectionner la dernière corde :

– FLIBUS, NOS COULEURS !

Son second réagit promptement, sous une pluie battante. D'un bras, il attrapa le drapeau qui s'était étrangement rapproché de la chaloupe, et laissa le capitaine couper le dernier lien.

À présent libérés de l'enveloppe, Ian Flix et ses amis, trempés jusqu'aux os, se saisirent des rames et tentèrent d'éviter les obstacles. Le torrent de boue arrachait et balayait tout sur son passage : arbres, rochers, rien ne résistait à cette force destructrice.

***

La chaloupe déboucha enfin sur la mer, où le calme surgit de façon presque instantanée. Ses passagers ne cherchèrent même pas à regagner le rivage tellement ils étaient épuisés. Ils se laissèrent plutôt porter par le courant, mais à peine s'étaient-ils assoupis qu'une salve de coups de canons leur fit lever la tête. Le navire des pirates ennemis descendait des airs et se dirigeait dans leur direction. Flix et ses amis crurent un instant qu'ils allaient être écrasés sous l'immense coque, mais le bateau se posa finalement juste à côté de leur embarcation. L'équipage apparut alors sur le pont, visiblement amusé.

– Messieurs, je tiens à reconnaître votre courage et votre combativité, intervint le capitaine au tricorne crasseux, vite rejoint par le sorcier. Mais nous avons été les plus forts, admettez-le ! Je suis malgré tout dans un bon jour, et j'ai décidé de vous laisser la vie sauve. Vous pourrez toujours essayer de nous suivre, mais avec votre chaloupe et votre état d'épuisement avancé, je doute que vous y parveniez...

– BANDE DE RATS DE CALE! Vous ne l'emporterez pas au paradis! jeta furieusement le capitaine Kutter en brandissant son sabre.

Le chef pirate et sa bande se contentèrent de rires gras.

– Voyons, capitaine, soyez beau joueur! Vous pourrez toujours ramer pour regagner la côte... Mais d'ici là, nous serons loin, très loin... Et quand nous aurons mis la main sur le fabuleux trésor qui nous attend, notre première pensée sera pour vous... Mais sur ce, messieurs, ADIEU!

L'équipage regagna rapidement son poste pour mettre en route le navire. Flix songea soudain au *Grand Pisteur à Souffle* de leur ami Victor. Il attrapa sa sacoche, qui avait glissé un peu plus loin dans la chaloupe, et en sortit le fameux *GPS*. Sans attendre plus longtemps, il souffla dedans. Ses compagnons relevèrent aussitôt la tête, curieux de voir ce qui allait se produire réellement. À leur grand étonnement, deux dauphins apparurent bientôt à la surface. L'espoir au ventre, Flix se tourna alors vers le navire ennemi qui s'éloignait et produisit, cette fois, trois notes spécifiques pour que les cétacés les retiennent.

– Tu ne penses tout de même pas qu'on va les suivre? questionna Corsarez, épuisé.

– Oui, mais pas tout de suite, répondit Flix, sûr de lui. Nous allons d'abord regagner *La Belle espérance*.

– Pas à la rame, en tout cas. Je n'ai plus de force dans les bras.

– Moi non plus, Émilio, si ça peut te rassurer. C'est pourquoi nous demanderons à ces dauphins de nous tirer jusqu'à notre navire.

– Monsieur Flix a raison! appuya Gravenson. C'est notre seule chance de rejoindre nos amis!

– Oui, et de nous lancer ensuite à la poursuite de ces bandits de pétunia! ajouta le capitaine, soudain animé par un vif désir de revanche. Ils ne vont tout de même pas s'en tirer aussi facilement!

Soutenu unanimement, Flix souffla encore à plusieurs reprises dans le *GPS* pour attirer d'autres cétacés, tandis que ses amis commençaient à détacher les restants de corde d'amarrage de l'aérostat. Ils les relièrent ensuite à la proue en formant des nœuds en boucle pour que la douzaine de dauphins apparus puissent y glisser leur rostre.

Flix produisit enfin la note correspondant à *La Belle espérance*. Aussitôt, les mammifères se mirent à tirer, permettant ainsi aux passagers de la chaloupe de récupérer leurs forces, le temps du voyage.

15
Les naufragés

Après six heures de navigation sur les eaux de la mer Jaune, Ian Flix et ses amis atteignirent les côtes de l'île où ils étaient attendus, en pleine nuit. L'équipage de *La Belle espérance* les accueillit sous une pluie d'acclamations et de longues accolades. Le capitaine Kutter retrouva son fidèle Bristol, visiblement bien rétabli, tout comme Tétrapoulos, le timonier, qui était de retour à la barre. Tafa, de son côté, se laissa taquiner par le chef Piloti, qui ne manqua pas cependant de lui exprimer toute sa fierté pour ses exploits.

Tous les membres d'équipage étaient sur le pont, à la lumière des lanternes. Le Bolloch, en tête, était ravi de rendre enfin le commandement du navire. Aucun incident majeur ne s'était produit, mais sa nouvelle fonction n'avait pas été évidente à remplir durant ces quelques semaines. Les détails de toutes les journées avaient dûment été consignés dans le journal de bord.

Pour fêter ces retrouvailles, le capitaine accorda une rasade générale de rhum sans alcool. Ses compagnons de voyage et lui se lancèrent ensuite allègrement dans le récit de leurs aventures devant un auditoire attentif et admiratif. Même Castorpille raconta à son assemblée animalière comment elle avait sauvé Flix menacé par d'effroyables plantes aquatiques. Margarete, la vache laitière, chercha aussi à savoir comme son beau cavalier d'entraînement s'en était sorti à l'épreuve de tir à l'arc.

Seule la Tête de mort ne trouva aucune oreille à qui se confier.

« C'est bien simple, personne ne veut jamais entendre ce que j'ai à dire ! déplora-t-elle du haut de son mât enfin retrouvé. De toute façon, je n'ai pas envie de raconter mes vacances ratées ! Je pourrais ne pas le supporter… Je n'ai rien vu des Jeux de l'empereur et la fin du voyage a été tout bonnement horrible, en dehors de la Grande Muraille, bien sûr… C'est fini, je ne m'évaderai plus du bateau ! J'ai eu mon compte de frayeurs ! »

Repu et reposé, malgré la courte nuit, le capitaine Kutter ordonna de mettre le cap au sud dès le lendemain matin.

***

Guidés par les dauphins, Ian Flix et ses amis naviguèrent, durant trois semaines, de la mer Jaune jusqu'en mer de Chine, bien déterminés à retrouver cette bande de pirates qui les avait durement malmenés. Leur patience et leur persévérance furent bientôt récompensées, lorsque Broton annonça enfin du haut de son nid-de-pie :

– VOILE ! VOILE, DROIT DEVANT !

Sur la passerelle, Flix pointa aussitôt sa longue-vue et reconnut sans peine le navire.

– C'est incroyable, ces dauphins nous ont vraiment menés jusqu'à ces brigands ! TOUS LES HOMMES AU POSTE DE COMBAT ! FAITES CHERCHER LE CAPITAINE !

Tout l'équipage se lança dans la manœuvre d'attaque et *La Belle espérance* se rapprocha rapidement pour un affrontement inévitable.

Alertés, les marins ennemis ouvrirent leurs sabords sous les ordres de leur commandant. Le sorcier les arrêta cependant, peu convaincu de l'emporter cette fois. Il avait en main une arme bien plus efficace et redoutable. Sans plus attendre, avec l'accord du capitaine, il pointa son grimoire vers la mer, visant au loin, puis il prononça sa formule. Comme d'habitude, le vieux livre s'ouvrit en relâchant un éclat de lumière. Au contact du sortilège avec la surface de l'eau, un sillon se forma et s'élargit pour séparer la mer en deux sur plusieurs milles marins.

– PRÉCIPICE DROIT DEVANT! beugla aussitôt Broton, les yeux écarquillés.

– Ils n'arrêteront jamais avec leurs sortilèges! s'emporta Flix. PARÉS POUR VIRER DE BORD!

La Belle espérance changea de cap dans un claquement de voiles, mais il était déjà trop tard. Parallèle à la crevasse, la frégate fut de nouveau ramenée par la proue sous la force du courant qui les attirait inévitablement dans le précipice.

– Par tous les saints, ils sont parvenus à ouvrir les abîmes! s'alarma le père Chouard, les deux bras en l'air.

– QUELLE HORREUR! cria en même temps Porouc, les yeux exorbités. Nous allons tous mourir!

En entendant les cris de l'équipage, les deux savants sortirent de leur cabine.

– Vite, maître Chow, le grimoire! dit le savant japonais en tirant son homologue par le bras.

Ils ressortirent bien vite avec le vieux livre en main.

– VOTRE FORMULE, MAÎTRE CHOW! LE TEMPS PRESSE!

– Si vous croyez que c'est aussi facile! Le bruit assourdissant de l'eau qui se jetait dans le précipice était de mauvais augure…

– FAITES UN EFFORT, MAÎTRE CHOW! NOTRE VIE EN DÉPEND!

– MAIS VOUS ALLEZ VOUS TAIRE, À LA FIN? J'ESSAIE DE ME CONCENTRER!

– NOUS ALLONS TOMBER! hurla Broton en s'agrippant déjà sur le rebord de sa plateforme, le visage verdâtre.

– ACCROCHEZ-VOUS À TOUT CE QUE VOUS POUVEZ! lança Flix en dernier recours.

Bristol avait déjà attrapé un lourd cordage pour arrimer solidement la chaise roulante et le capitaine qui brandissait son sabre en hurlant sa fierté de combattant devant la mort imminente.

– JE L'AI TROUVÉE! s'écria enfin maître Chow en pointant la formule d'un doigt fébrile.

La proue était déjà dans le vide quand le savant chinois prononça enfin le nom du charme.

– *PONTICUM MARE!*

La Belle espérance bascula quand même dans le vide,

sous les cris d'effroi de l'équipage. Accrochés aux cordages et à tout ce qui pouvait les retenir, les malheureux marins résistèrent à la force d'attraction qui les entraînait dans l'abîme. Quelques-uns lâchèrent prise et frappèrent de plein fouet la cabine des savants et la coquerie. Maître Chow et son confrère furent eux-mêmes projetés à l'intérieur de leur laboratoire avant de s'arrêter contre la bibliothèque.

Le charme libéré par le grimoire avait toutefois commencé à opérer. Un large pont d'eau naissait du sommet de la crevasse et descendait à toute vitesse vers la frégate. Il la rattrapa en glissant sous la coque avant de poursuivre un parcours ascendant vers l'avant. En un instant, le bateau retrouva son équilibre et suivit le courant du pont d'eau suspendu qui l'entraînait vers le haut.

Pendant ce temps, sur le navire ennemi, tous croyaient fermement que leur sorcier les avait enfin débarrassés de leurs poursuivants. Pointant sa longue-vue, le capitaine au tricorne crasseux observa l'horizon en direction du précipice et constata l'absence de voiles. Extrêmement satisfait, il allait abaisser sa lunette quand il sursauta en voyant la frégate jaillir du néant.

La Belle espérance se retrouva à nouveau sur la mer tandis que la crevasse se refermait déjà derrière son sillage. Reprenant le commandement, le capitaine Kutter demanda prestement un rapport sur l'état des hommes et du navire.

– Aucune perte humaine ou animale à déplorer, capitaine, l'informa son greffier russe, peu de temps après. Nous n'avons que quelques blessés. Mais le docteur Rogombo est déjà à leurs côtés… Ah, oui, des poules se sont également plaintes d'avoir eu plusieurs œufs cassés...

– LES POULES SE SONT PLAINTES! s'emporta le capitaine. PAR MA BARBE ROUSSE, MAIS JE RÊVE!

Le père Chouard suivait le docteur Rogombo comme son ombre, prêt à donner les derniers sacrements, si nécessaire. Ses services d'ordre ecclésiastique n'étant finalement pas requis, il se proposa tout de même pour aider son ami médecin à prendre soin des blessés.

La Belle espérance, quant à elle, avait subi d'importantes avaries au niveau de la voilure qui s'était déchirée en plusieurs endroits par la force d'attraction de la chute. Les performances de marche du navire s'en trouvèrent donc réduites, ce qui profita, bien entendu, à la bande de brigands qui disparut bientôt de l'horizon.

***

Œuvrant sans relâche, l'équipage de *La Belle espérance* changea les voiles et les vergues endommagées, puis le capitaine Kutter relança la poursuite, bien décidé à ne pas lâcher le morceau. Guidés par de nouveaux dauphins, toujours appelés par le Grand Pisteur à Souffle, ils naviguèrent vers l'ouest, en direction de l'Annam. Leur frégate étant plus rapide, ils rattrapèrent leurs ennemis dès le lendemain matin, à quelques centaines de milles des côtes, puis ils les suivirent à distance, par prudence.

Alerté par la présence de leurs poursuivants, le capitaine des brigands fit cette fois manœuvrer toute la voilure afin d'obtenir plus de vitesse. Craignant une déchirure de certaines voiles, son quartier-maître s'y opposa ouvertement, mais il le rabroua devant tout l'équipage. Selon lui, ce risque était calculé, dans la mesure où ils n'allaient pas tarder à traverser la baie d'Along. Ils pourraient ensuite réduire les voiles en profitant de l'abondance des îlots pour semer leurs ennemis. Le navire des brigands continua donc sa route au maximum de sa performance. Il reprit ainsi de l'avance, mais tout à coup, la vigie avertit, du haut de son nid-de-pie :

– NAUFRAGÉS À BÂBORD!

Le chef pirate pointa sa longue-vue et découvrit effectivement un radeau de fortune avec trois hommes qui agitaient mollement leurs bras.

– Dois-je changer de cap, capitaine? s'informa le timonier aux dents noircies.

– Surtout pas, malheureux! Tu ne vois pas que nos poursuivants se rapprochent! Si nous portons secours à ces hommes, ce serait comme nous jeter au milieu d'une bande de requins affamés… Nous n'avons que faire de ces moribonds…

En voyant le navire s'éloigner, les trois naufragés redoublèrent d'efforts en agitant leurs bras plus vigoureusement, mais en vain. Sur le point de perdre définitivement tout espoir, l'un d'eux aperçut cette fois le second bateau et se mit à gesticuler de plus belle. Il entraîna rapidement ses compagnons d'infortune qui puisèrent alors dans leurs dernières forces pour crier à l'aide.

Broton annonça à son tour la présence des naufragés du haut de sa plateforme, tandis que le capitaine Kutter avait regagné sa cabine, laissant son second au poste de commandant. Sans hésiter, Flix ordonna le changement de cap, mais sa décision souleva quelques murmures au sein de l'équipage.

– Si nous portons secours à ces hommes, nos ennemis

nous distanceront encore! râla l'un des marins. C'était peut-être notre dernière chance de mettre la main sur eux…

– Mais on ne peut pas abandonner ces naufragés! s'indigna l'aumônier, vite monté sur le pont après avoir entendu l'annonce de la vigie.

– Auriez-vous oublié les devoirs du marin, messieurs? s'emporta Flix. Je voudrais vous voir sur ce frêle radeau, dérivant depuis des jours, affamés et assoiffés! Il est hors de question d'abandonner ces malheureux, vous m'entendez! Je maintiens mon ordre, tout comme l'aurait fait le capitaine à ma place!

Quelques murmures se firent entendre, plus faiblement, tandis que Tétrapoulos maintenait le changement de cap, fier de la décision de son quartier-maître. Flix s'empressa d'ajouter toutefois, en s'adressant à tout l'équipage:

– Une fois ces naufragés secourus, je vous donne ma parole que nous rattraperons ces bandits de pétunia! Nous les avons déjà rejoints deux fois, et nous y parviendrons encore, vous verrez. Ils ne nous échapperont pas continuellement.

Flix acheva son discours, le sabre brandi haut devant lui pour montrer à ses hommes sa grande détermination. Corsarez l'appuya dans son geste en levant à son tour le sien, et tout l'équipage les suivit dans un même élan.

En voyant le navire s'approcher, les trois naufragés pleurèrent d'une émotion trop forte.

Ils oublièrent un moment la rude épreuve qu'ils venaient de vivre durant ces nombreux jours passés en mer, sans boire ni manger. Ils étaient dans un état d'épuisement et de déshydratation avancé, la peau du visage et des avant-bras brûlée par le soleil. Ils reçurent rapidement les soins du docteur Rogombo, puis ils se rassasièrent des *spaghettis à la rhumaine* fièrement préparés par le chef Piloti.

Le capitaine Kutter sortit peu après de sa cabine et reçut la nouvelle du sauvetage avec une immense satisfaction. Il était fier de ses hommes et ne se gêna pas pour le leur dire. Il s'interrogea ensuite sur les circonstances de ce naufrage et fit venir maître Chow en notant les traits asiatiques des rescapés. Ravi de pouvoir servir d'interprète, le savant chinois s'informa auprès des trois hommes et rapporta leurs dires à l'équipage, tout aussi curieux d'en savoir plus. Ils apprirent ainsi qu'il s'agissait de pêcheurs, originaires de l'Annam. Ils avaient été pris dans une forte tempête en pleine mer, puis avaient dérivé durant six ou sept jours, peut-être huit… Ils ne savaient plus très bien, car ils avaient plus ou moins perdu la notion du temps.

Ils parlèrent aussi de leur femme et de leurs enfants…

Touché par ces témoignages, l'équipage pensa un instant ramener ces pêcheurs auprès de leur famille, mais en apprenant qu'ils habitaient sur les côtes de la baie d'Along, plusieurs s'obstinèrent fermement.

– Je refuse de retourner là-bas! hoqueta Porouc. Je n'ai aucune envie de finir dans la gueule de ce dragon!

– Moi non plus! enchaîna Martigan, vite suivi par son ami Cenfort.

– Et leur famille, vous y avez pensé? intervint le docteur Rogombo, lui qui n'avait plus jamais revu la sienne après l'attaque de son village par des négriers. Vous n'oseriez pas priver des enfants de leur père, tout de même?! Avez-vous au moins une idée de l'angoisse que vit leur femme depuis plusieurs jours?

– Oui, nous en sommes conscients, assura Yasar d'une voix sombre, mais qui nous sauvera du dragon?

– Ouais, il a raison! approuva Mumbai. Nous avons accompli notre devoir en rescapant ces naufragés. Rien ne nous oblige à les raccompagner chez eux, surtout si leur région est habitée par un dragon…

– On pourrait approcher de la baie d'Along et leur donner une barque avec des vivres et de l'eau, nasilla Gravenson.

Le capitaine n'était pas encore intervenu. En toussotant pour appeler le silence, il parla d'une voix tranquille, très loin de ses colères soudaines et intempestives :

– Écoutez, messieurs ! Je respecte vos points de vue, vous le savez, mais on ne peut pas laisser ces malheureux traverser, seuls, cette baie infernale après ce qu'ils viennent de vivre ! Ce serait inhumain. On ne les a pas sauvés pour les laisser de nouveau à la merci de la mort !

– Et notre mort, qui s'en soucie ? glapit Porouc, d'une voix suraiguë.

– Ouais, il a raison ! s'empressa d'approuver Mumbai.

Cette fois, Flix prit la parole :

– Avec votre permission, capitaine, je suis disposé à accompagner ces hommes jusqu'à leur village. À bord d'un canot, on aura sans doute plus de chances de passer inaperçus au milieu de toutes ces îles qui parsèment la baie d'Along.

– Cette marque de courage est tout à votre honneur, monsieur Flix. Je n'en attendais pas moins de votre part, mais seul avec ces trois hommes affaiblis, je crains que vous ne puissiez aller bien loin en ramant…

– Je me porte volontaire pour les accompagner,

capitaine ! annonça Tafa.

– Et moi aussi ! enchaîna aussitôt Corsarez.

– Voilà qui est parlé ! se réjouit le capitaine en tapant sur l'accoudoir de sa chaise roulante. Allez, messieurs, prenez exemple sur ce jeune mousse de quinze ans !

Touchés dans leur orgueil, Le Bolloch et Mumbai s'avancèrent presque en même temps, tandis que maître Chow se proposait aussi pour servir d'interprète au besoin.

16
La grotte d'Along

Deux jours plus tard, Ian Flix et ses amis jetèrent
l'ancre à deux encablures de la première barrière d'îles
de la baie d'Along, afin de ne pas trop se rapprocher
du territoire du dragon, dont l'effroyable attaque
planait encore dans les esprits. Vu le nombre de vo-
lontaires, la chaloupe fut préférée au canot. Le début
de la traversée se déroula sans le moindre incident. La
mer était plutôt calme, et le ciel, dépourvu de nuages.
Tandis que les uns ramaient, les autres scrutaient les
airs en quête du monstre cracheur de feu.

Flix et son petit équipage sillonnaient la baie depuis
près de deux heures, guidés par les trois pêcheurs impatients de retrouver leur famille, quand une ombre
passa rapidement devant eux. Le temps de lever les

yeux, ils furent éblouis par le soleil, positionné au sud-ouest. Par prudence, Flix ordonna de ramer le plus près possible des îlots afin de s'en servir comme abri au besoin.

– Le voilà, là-haut, à tribord! signala tout à coup Corsarez en sortant son coutelas.

Aussitôt, les rameurs amenèrent l'embarcation contre un flanc de rocher escarpé et scrutèrent le ciel, haletants. Le gigantesque dragon mordoré les survola puis disparut derrière l'îlot.

– Vous croyez qu'il nous a vus? murmura Tafa.

– Pour sûr, confirma Flix. C'était un vol de reconnaissance.

Au même moment, des pierres glissèrent de la falaise et tombèrent dans la chaloupe et aux alentours. Les regards se levèrent.

– Oh non, il est au-dessus de nous! Vite, écartons-nous! jeta Flix.

Le temps de reprendre les rames, un énorme bruit de roches se fit entendre. Un premier bloc manqua de peu l'embarcation, obligeant les marins à se mettre à découvert. Le dragon en profita pour déployer ses immenses ailes membraneuses et fondre sur ses victimes. Ian Flix et ses amis sortirent aussitôt leurs pistolets, mais les trois pêcheurs les arrêtèrent avant de se prosterner dans la chaloupe. En même temps, ils s'exprimèrent dans leur langue comme s'ils imploraient la créature ailée. Le dragon avait déjà ses griffes grandes ouvertes, prêtes à agripper, quand, au dernier moment, il reprit de l'altitude en laissant traîner sa longue queue en pointe.

– Regardez, il s'éloigne ! fit remarquer le jeune Tafa.

Flix et ses compagnons n'en revenaient pas. La créature ailée leur avait laissé la vie sauve. Maître Chow leur expliqua alors que les trois pêcheurs avaient imploré la clémence du dragon fondateur de la baie d'Along et protecteur des habitants de la région.

Soulagés et impressionnés, Ian Flix et ses amis purent continuer leur route vers la côte, impatients de raconter aux autres leur étonnante expérience.

***

En voyant l'embarcation approcher avec les trois silhouettes familières, les villageois accoururent sur la plage. Très vite, des cris et des acclamations de joie se firent entendre. Les plus jeunes se jetèrent à l'eau et nagèrent jusqu'à la chaloupe pour accueillir les visiteurs et les naufragés. Bientôt, les pêcheurs disparus retrouvèrent leur femme et leurs enfants avec une vive émotion de bonheur et des larmes à profusion.

Le chef du village se hâta de remercier les marins au nom de toute sa communauté et fit apporter de nombreux présents en signe de gratitude, dont de jolis colliers de fleurs multicolores. Flix et ses amis se laissèrent entraîner dans cet élan de générosité en acceptant la nourriture et le lait de coco que leur tendaient les habitants, mais des coups de canon coupèrent rapidement court aux réjouissances.

– D'où venaient ces tirs, selon toi ? s'inquiéta Corsarez en s'approchant rapidement de Flix.

– Difficile à dire, mais ils ne provenaient pas de *La Belle espérance*. Nos compagnons ne se seraient jamais risqués à entrer dans la baie avec ce dragon dans les parages.

À quelques milles marins, vers l'est, de la fumée noirâtre s'élevait maintenant au-dessus des îlots. L'incertitude s'empara cette fois de Flix, qui se concerta avec ses hommes en se demandant si leurs amis avaient finalement décidé de pénétrer dans la baie pour les secourir au besoin. À l'unanimité, ils décidèrent de repartir sur-le-champ pour aller voir de plus près ce qui se passait. Le chef du village proposa son aide et celle de sa communauté, mais Flix refusa de mettre leur vie en péril.

Sans plus attendre, ils poussèrent leur embarcation, puis ils s'éloignèrent vers l'est. Guidés par la fumée de plus en plus dense, ils réalisèrent avec angoisse que l'incendie venait d'un bateau. Ils craignaient de plus en plus que le dragon s'en soit pris à *La Belle espérance*, et intensifièrent leurs coups de rames dans un silence angoissant. Quelque temps plus tard, ils entendirent des tirs de pistolets et des cris qui leur glacèrent le sang. Ils étaient tout proches maintenant, et s'attendaient à faire une découverte horrible.

Le temps de contourner un dernier îlot, ils arrivèrent enfin en vue du bateau en flammes et furent frappés de terreur. Le dragon s'acharnait sur un navire calciné. Le gaillard arrière plongeait déjà dans les eaux.

– Ce n'est pas *La Belle espérance*! murmura Flix, tout de même soulagé.

– Mais c'est le navire de ceux que nous cherchions à rattraper! reconnut Corsarez.

– Regardez, là-bas, il y a un canot qui s'éloigne avec quatre hommes à son bord! souffla peu après Tafa.

Au même moment, l'impérieux dragon brun doré s'éleva, tandis que le navire finissait de glisser dans les profondeurs de la baie. Il se dirigea aussitôt vers les fuyards, mais il ne put les atteindre, car ils s'étaient déjà engouffrés dans une grotte marine avec leur embarcation.

Flix et ses amis virent alors la créature remonter la falaise et disparaître à son tour dans une autre cavité. Profitant de son absence, ils ramèrent vers l'îlot en évitant les nombreux débris qui parsemaient la surface. L'odeur de bois et de chairs brûlés qui imprégnait l'air leur laissait imaginer la fin horrible de ces marins.

Pendant ce temps, à l'intérieur de la grotte, le capitaine des brigands et deux de ses hommes rescapés amarrèrent leur embarcation. Le sorcier, déjà descendu sur la roche glissante, pressait son précieux grimoire contre son torse. À l'aide de torches, ils empruntèrent ensuite un passage creusé dans la paroi rocheuse avant d'atteindre une large cavité. Sur les murs du fond, plusieurs scènes illustraient la création de la baie alors qu'au centre, une gigantesque statue taillée dans la pierre représentait un dragon aux ailes déployées. Le sorcier sourit largement. Il tendit alors son grimoire à son compagnon aux dents noircies, puis il plongea une main dans sa sacoche. Avec précaution et avidité, il en sortit le joyau en forme d'œuf dérobé aux habitants de Tianshan. Il le manipula à différents endroits, de mémoire, selon les indications de son parchemin. Le joyau s'ouvrit par le haut, dévoilant une clé en forme de disque représentant un dragon avec la queue recourbée vers la tête. L'objet, tout en or, était posé sur un moule en bois pour l'empêcher de bouger. Ses amis retinrent leur souffle quand il plaça enfin la clé dans l'orifice situé sur l'abdomen du dragon de pierre. Le sorcier tourna ensuite le disque vers la droite, ce qui provoqua aussitôt l'apparition d'une brèche dans la paroi rocheuse.

L'excitation du capitaine et de ses hommes était à son comble. Sans perdre un instant, ils s'engouffrèrent dans un tunnel qui déboucha sur une autre grotte immense. Ce qu'ils découvrirent leur coupa le souffle. Devant eux se trouvaient plus de richesses qu'ils n'en avaient jamais imaginé : des pièces d'or et d'argent, des statuettes, des chandeliers, des coupes et des éventails en or, des émeraudes, des diamants, des rubis et tous les joyaux imaginables, des colliers de perles, des bracelets… De quoi remplir tout un navire.

Gagné par un vif désir, l'un des marins s'élança et s'agenouilla en plongeant allègrement ses mains dans ces richesses, tout en riant grassement. Les autres en firent bientôt autant en criant de bonheur et d'insouciance.

– Comment allons-nous faire pour transporter ce fabuleux trésor ? s'inquiéta l'homme aux dents noircies.

– Prenons simplement de quoi acheter un bon bateau, répondit le capitaine en remplissant généreusement son tricorne, et nous reviendrons ensuite rechercher tout le reste.

Mais au même moment, un grondement terrible résonna dans les hauteurs de la grotte. Le temps de lever la tête et de s'éclairer avec leurs torches, le capitaine et ses hommes furent saisis de frayeur en voyant le dragon fondre sur eux. En un instant, la créature furieuse agrippa deux pirates entre ses puissantes griffes avant de les mettre en pièces. Paniqués, les autres tentèrent de s'échapper, mais le dragon aux écailles brillantes souffla par ses naseaux et une longue traînée de feu embrasa le capitaine avant qu'il n'atteigne la sortie. L'homme hurla pour que le sorcier lui vienne en aide, mais ce dernier n'en fit rien, trop occupé à trouver le moyen de sauver sa misérable vie. Il cherchait désespérément le précieux grimoire, laissé à l'un de ses compagnons au moment de prendre l'œuf dans sa sacoche. Son regard globuleux s'illumina en le découvrant enfin, posé sur un tas de pièces d'or. Éperdu, il se jeta dessus au moment où le dragon plongeait dans sa direction. Il parvint à attraper le grimoire juste avant d'être agrippé par la créature, qui l'entraîna aussitôt vers les hauteurs. Pris au piège, mais les deux mains encore libres, le sorcier tendit désespérément le livre et prononça d'un souffle presque éteint la formule de métamorphose. Le grimoire s'ouvrit et libéra instantanément son sortilège dans un éclat de lumière. Très vite, les deux épaisses pattes du dragon se pétrifièrent, puis chaque partie de son corps, de la tête à la queue. Dans une grimace hideuse, le sorcier se changea lui aussi en pierre de par son contact avec la créature. Ils chutèrent ensemble comme une masse et s'encastrèrent finalement au milieu de l'imposant trésor.

***

Ian Flix et ses amis entrèrent dans la grotte peu après. Ils découvrirent des restes humains éparpillés et un colossal trésor gardé par une immense sculpture de dragon en pierre. Entre ses griffes, ils remarquèrent également la statue d'un homme, grandeur réelle, et comprirent sans peine ce qui venait de se produire.

Sans plus attendre, maître Chow ramassa le grimoire du sorcier qui était retombé fermé, tandis que Flix trouva le joyau en forme d'œuf dans une sacoche. Ils observèrent encore quelques instants l'étendue de toutes ces richesses, puis ils regagnèrent leur chaloupe sans rien emporter d'autre avec eux.

De retour sur *La Belle espérance,* ils n'eurent guère de mal à convaincre l'équipage de traverser de nouveau la baie d'Along pour y chercher un fabuleux trésor. Il leur fallut deux jours entiers pour le transporter de la grotte jusqu'à leurs embarcations et, ensuite, le transborder des embarcations au navire. Ils n'avaient plus à craindre la présence du dragon, pétrifié par le même sortilège qui avait retenu prisonniers certains habitants de Tianshan durant quarante jours.

En fouillant dans la sacoche du sorcier, Flix découvrit aussi un vieux parchemin qu'il montra aux savants. Comme le manuscrit était écrit dans la langue maternelle de maître Chow, ce dernier en traduisit le contenu à tous ses amis. Ils apprirent ainsi la provenance et l'histoire de cet immense trésor.

Craignant d'être renversé par les Mandchous et les soulèvements populaires, Chongzhen, le dernier empereur de la dynastie Ming, avait confié une partie des biens du palais à ses plus fidèles administrateurs, qui étaient venus les cacher dans la baie d'Along. Ils avaient fait fabriquer ensuite un objet en forme d'œuf à l'intérieur duquel ils avaient gravé les coordonnées et placé la clé donnant accès au trésor. L'existence de ces richesses n'était connue que d'un petit groupe de sujets, tous exécutés après la mort de l'empereur, à l'exception d'un homme qui avait réussi à échapper aux répressions de Li Zicheng, le nouvel empereur autoproclamé. Avec la prise de pouvoir des Mandchous, un mois plus tard, cet homme était parvenu à se faire oublier avant de rapporter en détail sur un parchemin son récit et la description du joyau laissé dans le palais de la Cité interdite.

Cependant, maître Chow ne fut pas en mesure d'expliquer comment ce document avait abouti entre les mains de cette bande de pirates. En réalité, durant près d'un siècle, il était passé par plusieurs propriétaires, caché dans un coffret, avant de réapparaître en Angleterre. De là, il fut acheté par un individu biscornu qui découvrit finalement le parchemin dans le double fond de la petite boîte. Communément appelé le sorcier, pour ses pratiques occultes, ce dernier avait ensuite accepté de s'associer à une bande de brigands dans l'espoir de retrouver ce fabuleux trésor de la dynastie Ming.

À la demande de maître Chow, Flix et ses amis acceptèrent de restituer leur précieuse découverte, en plus de rapporter le joyau appartenant aux villageois de Tianshan. Plusieurs membres d'équipage contestèrent bien sûr cette décision sur le coup, mais après le vote traditionnel, la majorité opta finalement pour rapporter le trésor en Chine.

***

Arrivés à Pékin, sous bonne escorte, les valeureux marins furent accueillis par une foule en liesse. Le premier ministre les reçut en personne et s'empressa de les remercier au nom de l'empereur Rensong, de sa cour et de tout le peuple chinois. En guise de récompense, il leur offrit de somptueux présents et les invita à un immense banquet avec tous les villageois de Tianshan. Le récit de leur exploit fut même immortalisé sur un rouleau horizontal, à l'encre de Chine.

Et c'est ainsi que Ian Flix et ses amis reprirent le large, sans se douter des folles aventures qui les attendaient par-delà les flots d'apparence si tranquille…

Les origines des jeux sportifs

par Mélody Mourey

Les origines des jeux sportifs

par Mélody Mourey

Un Homo erectus – nommons le Lucien - se cache derrière un arbre. Affamé, il considère avec perplexité la peau de bête qui le couvre et qui lui paraît fort mal ajustée tant il se trouve amaigri. À l'affut du moindre bruit, il observe fixement la proie qu'il souhaite chasser. Hors de question de rentrer bredouille à la grotte ! Inspirant une grande bouffée d'air frais, il se jette sur l'animal et se lance dans un combat effroyable. Mais soudain, une meute entière approche pour secourir la bête et notre homme n'a nul autre choix que de s'enfuir. Il court à toute allure, hurlant pour prévenir ses compagnons occupés à la cueillette à une centaine de pieds de mammouth de là... Ignorant s'il est toujours poursuivi, il plonge dans une rivière pour rejoindre l'autre rive. Il se débat pour ne pas être emporté par un puissant courant et y parvient en moulinant des bras tout en battant des pieds. Là, il choisit de se réfugier au sommet d'un arbre pour reprendre son souffle, en toute sécurité. Ce pauvre Lucien a pratiqué, dans la même matinée, la lutte, la course, la natation et l'escalade et l'on remonterait très volontiers dans le temps pour lui tendre une barre de céréales. Ainsi, en luttant pour leur survie, les hommes ont su se dépasser physiquement dès la préhistoire. Peu à peu, l'activité s'est détachée de son but initial et les hommes ont nagé sans rechercher à atteindre une rive comme ils ont fini par pratiquer l'équitation sans être animé par des motifs guerriers. Ils se sont naturellement mesuré les uns aux autres jusqu'à ce que le plaisir, la compétition et l'effort deviennent les objectifs premiers du sport. Pourtant, il parait à priori plus difficile d'identifier les origines des sports de balles actuels dont de nombreux pays revendiquent d'ailleurs l'invention. Souvent des variantes, très légèrement différentes, existaient simultanément dans des pays très éloignés géographiquement si bien qu'il est presque impossible de déterminer lequel s'impose comme le véritable pionnier ! Mais un regard à l'histoire des jeux nous prouve que les idées, comme des ballons, ont jailli de tous les continents...

Le Taekwondo

Quand la Corée fait des pieds et des mains !

Le Taekwondo, art martial aujourd'hui apprécié dans le monde entier, est inventé en Corée. Des sports de combat s'y apparentant fortement apparaissent dans ce pays d'Asie il y a plus de deux mille ans, souvent associés à un code d'honneur et à une philosophie louant la sagesse et le courage. Lorsque l'Empire japonais annexe le pays entre 1910 et 1945, ces sports, au cœur de la culture coréenne, sont bannis par les occupants. Ce n'est donc qu'après la libération du pays que le Taekwondo apparait véritablement, rassemblant différents arts martiaux coréens.

Le tennis

Jeûne, ascètes et match
chez les moines français !

L'origine des jeux tels que le tennis et le badminton est sujette à de nombreuses controverses car il existe dès l'Antiquité des sports incluant des balles et des raquettes. Toutefois, on peut voir dans le Jeu de Paume, crée en France au XIIIe siècle, un ancêtre commun à tous ces sports. Ce jeu nait au Moyen-âge dans les monastères et les cloitres où les religieux se servent des murs, des poutres et des paumes de leurs mains pour faire rebondir les balles qu'ils s'échangent. Les premières raquettes avec un cordage apparaissent au XVIᵉ siècle et sont alors constituées de boyaux d'animaux...

Le bowling

Un Strike pour Toutankhamon !

A la fin du XIXᵉ siècle, le Sir Flider Pétrie se rend à Nagada en Égypte et y découvre, dans la tombe extrêmement ancienne d'un enfant, des quilles et des boules de pierre ! Il en déduit que les racines du bowling remontent à plus de cinq millénaires !

Le patin à glace

Triple axel pour la Finlande !

Selon certains archéologues, les patins à glace constituent l'un des tous premiers moyens de locomotion des êtres humains qui les inventent il y a plus de cinq mille ans ! C'est près de l'actuelle Finlande, où pullulent les petits lacs glacés, que les hommes décident pour la première fois d'accrocher des os sous leurs semelles.

Ils avancent ainsi bien plus vite tout en économisant leur énergie !

Football, rugby
Votre tasse de thé ?

Dans une pièce de théâtre de l'écrivain britannique William Shakespeare (1564-1616), un personnage traite l'intendant de « vil joueur de football ». Tout comme ce grand auteur, le football trouve ses origines en Angleterre. Il ne s'agit pas alors exactement du sport que nous pratiquons de nos jours. Celui-ci ne se développe véritablement qu'au XIXe siècle dans les universités anglaises fréquentées par les aristocrates où on l'appelle alors le « football-association ». Peu à peu, ce sport se démocratise et toutes les classes de la société s'y intéressent. Le premier match international de football se déroule en 1872 et oppose l'Angleterre à l'Écosse. En 1823, c'est justement au cours d'une partie de football qu'un jeune homme du nom de William Web Ellis s'empare du ballon à la main et se met à courir en direction des buts de l'équipe adverse. Il s'agit alors bien sûr d'une infraction mais celle-ci devient la base des règles d'un nouveau jeu, le rugby, qui ne tarde pas à s'imposer peu comme un jeu à part entière.

Kayak et canoë

Une invention bateau ? Certainement pas !

C'est aux Inuits que nous devons l'invention du kayak, une embarcation facilement manœuvrable qui leur permet de pêcher dans l'océan Arctique comme dans l'Atlantique Nord. Le canoë apparaît quant à lui dans des régions plus chaudes : les Amérindiens l'inventent et l'utilisent pour leurs déplacements !

Le basketball

Attention à vos pommes !

En 1891, James Naismith, un professeur canadien, enseignant à la fois l'étude de la Bible et l'éducation physique, se retrouve confronté à des élèves complètement démotivés. Il souhaite leur proposer un sport stimulant qu'ils puissent pratiquer à l'intérieur d'un gymnase en cas d'intempéries. Une idée géniale germe alors dans son esprit : accrocher deux paniers (*basket* en anglais) à fruits de part et d'autre du terrain, dans lesquels les joueurs devraient lancer les ballons. Il imagine ensuite toutes les règles d'un nouveau sport qui conquiert effectivement ses élèves. Il est amusant de noter qu'à l'époque, les paniers ne sont pas percés comme aujourd'hui et qu'il faut grimper à une échelle pour récupérer les ballons !

Le golf

Quand le monde entier se met au swing

L'histoire du golf ne fait pas non plus l'objet d'un consensus chez les historiens… Durant l'Antiquité, les Romains pratiquaient déjà des sports comprenant des bâtons et des galets ! Au Moyen-âge, le chuiwan, pratiqué par les participants aux Jeux de Pékin auxquels s'est rendu Ian Flix, ressemble aussi beaucoup au golf actuel, même s'il n'y a pas encore de trou sur le terrain ! Au xve siècle, des navigateurs rejoignent l'Ecosse et y exportent ce sport découvert en Orient. Le mot « golf » apparait d'ailleurs en 1457 dans un édit du roi d'Écosse, James II, qui interdit la pratique de ce jeu sur les terrains réservés au tir à l'arc… C'est toujours en Écosse qu'apparait au xviiie siècle le jeu qui se rapproche le plus du golf moderne : cette fois, les balles atterrissent bien dans des trous !

Table des matières

*Retrouve aussi chez Scrineo
Au pays de l'Imaginaire*

Ian Flix

Le Sortilège de la Belle espérance
Alain Ruiz

Après avoir été frappé par un sortilège, *La Belle espérance*, un fier navire de pirates, devient le théâtre de phénomènes des plus étranges… le drapeau à tête de mort acquiert le don de la parole, n'hésitant pas à mettre son grain de sel un peu partout…

Lorsque Ian Flix, le second du capitaine, manque d'être tué par un squelette et que le bateau est attaqué par un serpent de mer maléfique, l'équipage réalise qu'il devra désormais vivre sous l'influence de forces surnaturelles.

Mais il en faudra bien davantage pour décourager Ian et le reste de l'équipage, partis à la recherche du trésor légendaire de l'île aux treize os…

La série aux 70 000 ventes au Canada débarque en France !

Barthélemy Styx

1. La Mer aux esprits
Anne Rossi

Condamné à une vie de bourgeois nantais du XVIIIe siècle et tyrannisé par son père, Barthélemy rêve de partir sur les mers pour atteindre un jour la Terre des Légendes, une île du Triangle des Bermudes que personne ne peut aborder.

L'occasion se présente lorsque le jeune garçon est contraint de fuir sur un négrier. Il se fait passer pour un mousse dans ce monde dur et sans pitié, avec pour seuls bagages un médaillon qui lui permet de communiquer avec l'esprit de sa mère.

Sa rencontre avec une jeune esclave un peu sorcière va lui ouvrir de nouvelle perspectives. Décidément, son destin n'a jamais été de devenir un bourgeois nantais.

Entre pirates, vaudou et esprits malveillants, ils ne seront pas trop de deux pour affronter les péripéties terribles qui les attendent sur le chemin tempétueux de la Terre des Légendes.

Oliver Peru et Patrick Mc Spare

Au XIIe siècle, les Haut-Conteurs, prestigieux aventuriers et troubadours portant la cape pourpre, parcourent les royaumes d'Europe en quête de mystères à éclaircir, d'histoires à collecter et à raconter. Leur quotidien se nourrit de la vérité cachée derrière la rumeur, les superstitions et les légendes. Ceux qui ont la chance de les entendre s'en souviennent toute leur vie. Les Conteurs possèdent la « Voix des rois », une voix dont ils usent comme d'un instrument magique.

Mais ces éblouissants vagabonds ne briguent pas que des aventures. Dans le secret, ils recherchent les pages disparues d'un livre obscur, un ouvrage vieux comme le monde que certains croient écrit par le diable en personne.

Prix des Incorruptibles 2012

Prix Elbakin.net 2011
Sélection Grand Prix de l'Imaginaire 2012,
catégorie roman jeunesse
Finaliste Prix des Futuriales 2011
Finaliste Prix des Collèges 2012 de la librairie Garin
Finaliste Prix Chimère 2012

les Héritiers de l'Aube

1. Le Septième Sens

Patrick Mc Spare

Royaume de France, mai 1411.

Arrachés à leurs époques respectives, trois jeunes gens aux pouvoirs magiques latents sont contraints par un Merlin impitoyable de se lancer dans une quête à travers les âges.

Alex, dix-huit ans, australien du XXIe siècle ; Laure, vingt-deux ans, française du XVIIIe siècle ; Tom, douze ans, anglais du XIXe siècle. Ils sont les Héritiers, descendants directs du comte de Saint-Germain, de Nicolas Flamel et de Raspoutine, légendaires Primo-Sorciers.

Au cœur d'un Paris médiéval en pleine guerre civile commence le combat pour la survie du monde. Il n'y aura pas de quartier. Les Héritiers le savent. Et ils l'acceptent.

Prochains tomes à paraître en 2014

PIERRE OBSCURE

Emma Sha

Chayma, enfant intrépide de onze ans, habite les Hauts Plateaux. Son petit frère Elie est très malade et ses parents lui demandent de se rendre à Alzar, métropole tentaculaire pour rencontrer le professeur Pavel.

Arrivée à Alzar, elle rencontre Mihiran, un garçon de la Zone des Exclus et, avec lui, elle commence la traversée de cette ville cloisonnée, régie par des lois impitoyables. Elle découvre la Zone d'Ombre, vaste réseau souterrain, où vivent des clans d'enfants et des meutes de chiens.

Au fil de sa progression dans les méandres d'Alzar, Chayma réalise qu'elle détient des objets mystérieux : une pierre couleur bleu Nuix, un livre rare, un message énigmatique...

Finaliste Grand Prix des lecteurs du Journal de Mickey 2013

 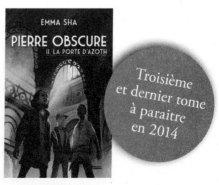

ZOANTHROPES

Matthias Rouage

Shina Sirkis vit dans un monde futuriste où les Zoanthropes, créatures hybrides mi-hommes mi-bêtes, sont traqués par les humains. Le jour de son entrée à l'université, elle est angoissée… Son amie vient de se transformer et a été abattue par son père, un intervenator.

Elle sait que si le test de dépistage obligatoire s'avère positif, il n'hésitera pas à tuer sa propre fille…

Une aventure haletante avec une tension dramatique permanente, où une série de rebondissements mêle complots, trahisons et organisations secrètes. Autant d'obstacles que devra affronter Shina qui, très vite, se révèlera… unique.

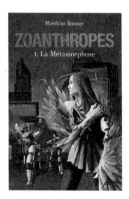 

LES FABULEUX

Arthur Ténor

Julius Kovalch, un physicien de renommée mondiale, parvient, à l'aide d'un hyperaccélérateur de particules, à atteindre la frontière la plus ultime de l'univers physique !

Ainsi s'ouvre la première brèche quantique entre la matière et l'esprit, le réel et l'Imaginaire, une porte à travers laquelle Julius et sa fille Serena, s'apprêtent à découvrir l'un des infinimondes de l'Imaginaire, le Royaume des Sept Tours et ses créatures extraordinaires, les Fabuleux…

Quelles menaces font peser l'Homme et ses instincts de conquérant sur ce Royaume à l'équilibre fragile ?

Jusqu'ou Les Fabuleux devront-ils aller pour survivre ?

LES AVATARS DE GASPARD

Sylvain Lignac
Louise Revoyre

Gaspard, un jeune collégien renfermé, s'est découvert un soir un étrange pouvoir : quand il revêt un habit qui ne lui appartient pas, celui-ci s'ajuste immédiatement à sa taille et il maîtrise alors tous les savoirs de son propriétaire.

Aidé de Bastien, son cancre et bout-en-train de meilleur ami, et de la malicieuse et enthousiaste Chloë, Gaspard devra vite apprendre à apprivoiser son nouveau pouvoir, surtout s'il veut s'en servir pour mener l'enquête sur de nombreux mystères…

VIA TEMPORIS

Opération Marie-Antoinette, **Joslan F. Keller**
Le Trésor oublié des Templiers, **Aurélie Laloum**
Tous les chemins mènent vraiment à Rome,
Joslan F. Keller

Charlotte et Mathias, deux jeunes étudiants, se retrouvent entraînés à travers le temps et l'histoire par Aimery de Châlus, un vieux professeur de la Sorbonne. Ils vont chercher à élucider les grands mystères du temps grâce... au Tempofl ux, une machine à remonter le temps qui tient dans un téléphone portable et leur réserve bien des surprises !

 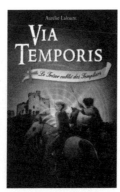 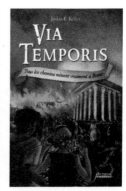

Achevé d'imprimer par
l'Imprimerie France Quercy, 46090 Mercuès
N° d'impression : 32005B/ - Dépôt légal : janvier 2014

Imprimé en France